KB120132

경이로운
초등 2학년의 세계

23년차 베테랑 교사가 알려주는
경이로운 2학년의 세계

초 판 1쇄 2024년 09월 10일

지은이 김혜경
펴낸이 류종렬

펴낸곳 미다스북스
본부장 임종익
편집장 이다경, 김가영
디자인 윤가희, 임인영
책임진행 안채원, 이예나, 김요섭

등록 2001년 3월 21일 제2001-000040호
주소 서울시 마포구 양화로 133 서교타워 711호
전화 02) 322-7802~3
팩스 02) 6007-1845
블로그 http://blog.naver.com/midasbooks
전자주소 midasbooks@hanmail.net
페이스북 https://www.facebook.com/midasbooks425
인스타그램 https://www.instagram.com/midasbooks

ⓒ 김혜경, 미다스북스 2024, *Printed in Korea*.

ISBN 979-11-6910-798-3 03810

값 18,500원

미다스북스는 다음세대에게 필요한 지혜와 교양을 생각합니다.

23년차 베테랑 교사가 알려주는

경이로운
초등 2학년의 세계

김혜경 지음

미다스북스

경이로운 2학년 아이들의 세계

장래 희망인 초등교사가 되어 아이들과 23년을 가르치고 배우며 놀았다. 교실은 아이들의 배움터이자 놀이터이다. 아이들은 교실에서 작은 세상을 경험한다. 기본적인 생활 습관부터 감정 조절을 통해 친구들 사이의 상호작용과 어른과의 상호작용을 어떻게 해야 하는지 익힌다. 하루 중 가장 많은 시간을 보내는 교실이 아이들에게 행복한 장소와 시간으로 기억되기를 바라는 마음으로 수업과 학급 운영에 최선을 다했다.

마냥 어린 것 같던 아이들이 초등학교에 입학하여 배움

과 놀이를 경험하고 2학년이 된다. 나와 함께 1년을 보낸 2학년 아이들이 보여주는 성장은 경이로운 세계였다. 그 세계 속에서 가르치고 배우며 함께 성장한 나는 아이들의 흔적을 조금씩 글로 남겨 놓았다. 찬란하고 반짝이는 순간을 놓치고 싶지 않았다. 교사로 살아온 지난날, 아이들과 행복했다.

수업은 삶과 맞닿아 있어야 한다고 생각해 왔다. 아이들이 네모난 교실, 네모난 책상에 앉아 배운 지식이 사라져 버리기보다 생활하는 곳곳에서 함께했으면 좋겠다는 바람을 담아 학급살이를 계획하고 실행했다. 초등학교 2학년 학급살이에서 수업과 놀이는 두 개의 큰 축으로 삼았다. 40분 수업이 재미있는 놀이가 되고, 쉬는 시간, 점심시간의 놀이 속 장면들이 다시 수업으로 살아났다. 수업과 놀이에 진심인 아이들의 모습을 바라보며 감동적인 순간들을 자주 만났다.

'리츄얼'이란 나만의 특별한 루틴을 말한다. 교실에서도 우리 반만의 리츄얼이 있다. 2학년 아이들이 스스로 설 수 있는 토양을 만들어 주고 싶어 1년 동안 아주 작은 행동들이지만 반복해서 이어갔다. 아침에 아이들은 교실에 들어서며 자신의 감정이 어떠한지 표현하는 감정 출석부에 이름표를 붙인다. 도서관에 가고 싶으면 도서관으로 가고, 교실에서 책을 읽고 싶으면 교실에서 책을 읽고, 수업 시작 전 함께 짧은 이야기를 나누고, 알림장을 쓸 때는 감사와 칭찬일기를 쓴다. 수업 시간에는 자기의 생각을 말과 글로 표현한다. 금요일엔 한 주 돌아보기, 매월 말이나 초가 되면 한 달 돌아보기를 한다. 매일 반복되는 하루지만, 아이들에게 '오늘'이라는 순간의 반짝거림을 선물하고 싶었다. 내가 느낀 하루라는 감동적인 선물을 아이들도 받아보기를 소망하며 보낸 시간이 사실은 2학년 아이들이 내게 준 커다란 선물이었다.

아이들이 태어나면서 만나는 놀이는 어른이 되어도 마음에 오래 남는다. 직접 육아를 경험해 보니 그렇다. 학교에서뿐 아니라 집에서도 아이들에게도 놀이의 경험을 주려고 노력했다. 고등학생이 된 아이들은 여전히 놀이의 즐거움을 안다. 어린 시절의 놀이는 어른이 되어서도 계속된다. 일상을 놀이처럼 행복하고 즐겁게 보내고자 한다. 이 책이 누군가에게 같은 마음을 갖도록 하는 작은 씨앗이 되기를 소망한다.

책 속에는 2학년 아이들이 교실에서 어떻게 지내는지, 어떻게 배우고 성장해가는지 관찰자 시점에서 담으려고 했다. 1학년과 2학년 자녀를 둔 부모님, 2학년을 가르치는 선생님과 초등 2학년 아이들의 교실 생활이 궁금한 모든 이들에게 도움이 되길 바란다.

2024년
김혜경

목차

프롤로그 004

1교시
준비하고 알아가며

2교시

학습

가르치고 배우며

3교시
놀이
놀고 깨우치며

4 교시

희망

우리 모두 함께 하며

일러두기

아이들 글은 느낌을 살리기 위해 그대로 표기하였습니다.

책 속에 등장하는 아이들 이름은 모두 가명을 사용했습니다.

1교시

준비

준비하고 알아가며

쓸고 닦고 정리하는
두근거림

새 학기는 3월에 시작하지만, 교사들은 2월부터 새 학기를 준비한다. 교사들의 전입과 전출, 학교의 공사가 마무리되는 시기도 2월이다. 겨울 방학 동안 학교마다 화장실 공사, 증축 공사, 석면 공사 등의 공사 종류는 다르지만, 아이들을 위한 쾌적하고 안전한 교육환경을 개선하고자 애씀의 시간을 보낸다. 석면 공사를 하고 난 뒤 2월을 맞이한 해였다. 공사 후 교실이 어떻게 되었을까 궁금했다. 기본적인 교실 살림살이를 확인했다. 학생들 책걸상, 교사 책상, 사물함, 책꽂이, 보관장은 모두 제자리에 있었다. 하지만 교실은 아직 먼지로 가득했다. 나와 아이들의 쾌적한 공간을 위해 대청소를 시작했다. 가장 먼저 청소기를 꺼냈다. 청소기에서 나오는 윙 소리가 한참 동안 교실을 가득 메웠다. 이제 손걸레와 대걸레 차례다. 고무장갑을 끼고 손걸레를 들고 책상, 의자, 창문, 칠판, 사물함 위까지 공사의 흔적들을 제거했다. 걸레에 묻어나오는 회색의 먼지들을 보니 오히려 내 마음은 개운했다. 마지막으로 대걸레다. 교실에 있던 대걸레의 걸레가 낡았다. 교실 청소함에 여분의 교체용 걸레가 있는 걸 발견했다. 이번에 사용하지 않으면 1년 동안 청소 용구함에서 넣어만 두고 사용하지 않을 것이 뻔했다. 위생적인 환경을 위해서 새 걸레로 갈아 끼우고 교실 바닥을 다시 닦았다. 긴 막대를 두 손으로 움켜쥐고 움직일 때마다 깨끗함으로 변하는 면적이 넓어졌다. 내 얼굴의 미소도 넓게 번졌다. 교실의 공기가 상쾌해지고, 개운함은 더 커졌다.

새로운 2학년 선생님들이 모였다. 첫 만남의 기운이 좋았다. 어색함은 잠시 인사를 나누고 대화하며 한 발짝 다가갔다. 학년 부장님의 진행으로 새 학기 준비 기간 일정을 공유하고, 교육과정 세우기를 위한 사전 준비에 대해 안내해 주셨다. 드디어 학급 추첨 시간. 학생 명단이 들어 있는 밀봉된 봉투를 떨리는 마음으로 뽑았다. 어느 반인지 인원수와 명단을 확인하고, 학년 업무분장까지 마무리하고, 학교 전체 워크숍에 참여했다. 새 학기 교육과정 워크숍은 학교마다 각자의 빛깔로 진행된다. 학교를 이해하고, 서로를 알아가며 좋은 공동체를 만들기 위한 씨앗을 심는 시간이다.

첫날의 피로는 풀릴 새도 없이 다음 날 하루를 시작한다. 매년 맞이하는 새 학기 준비과정은 익숙할 만한데 여전히 부담감과 피곤함을 느끼며 보낸다. 교실 정리 정돈은 기본이고, 교육과정 워크숍을 하고, 학년 교육과정 세우기와 학급 경영을 어떻게 할 것인가를 고민하고 계획하는 중요한 시기가 2월이다. 담임교사의 학급 철학이 반영된 교실 환경을 꾸미고, 담임 편지를 쓴다. 무엇보다 소통과 관계를 중요하게 여기는 나는 경청의 단계를 나타내는 게시물을, 양심의 중요성을 보여주는 마음의 6단계를, 놀이를 대하는 태도에 따른 놀이 수준 안내문을 붙였다. 더불어 자신의 감정을 표현하는 방법을 알려주는 '행감바'와 '인사약'에 관한 안내문까지 준비했다. '행감바'란 상대방의 (행)동에 대해 내가 느낀 (감)정을 표현하고, (바)라는 점을 말하고, '인사약'이란 자신의 행동에 대해 (인)정하고 상대방에게 (사)과하고 (약)속하는 것이다. 만날 아이들에 대한 기대를 담고, 나의 철학을 읽기 쉬운 말로 표현하고, 평화로운 학급이 될 수 있도록 당부 말씀을 담는다. 필요한 준비물까지 신중하게 생각해서 쓰면 완성이다.

그림책 읽어주기를 좋아하는 나는 집에서 2학년이 읽을 만한 그림책들을 챙겨 교실 책꽂이에 준비한다. 첫날 아이들이 책을 좋아하면 좋겠다는 소망을 담아 책상 위에 올려둔다. 책 옆에는 예쁘게 출력한 이름표를 붙인 L자 파일(일명 사랑의 우체통)과 '나를 말해요' 학습지(간단한 자기소개 질문지)까지 올려두고, 칠판 환영 인사 편지와 '환영합니다' 문구까지 적으면 준비 끝! 아차 끝이 아니다. 첫날과 일주일 수업 준비까지 해야 마무리된다. 교사들은 각자 다양한 방식으로 새 학년을 준비하지만, 그 준비의 방향은 하나로 모아진다. 아이들과의 첫 만남을 행복하게 만들어 주고 싶은 마음, 그리고 1년간 함께할 학급 생활의 시작을 잘 열어 주고자 하는 마음이다.

생각 나무가 자라요

선생님은 새 학기 준비로 2월을 바쁘게 보냅니다. 쾌적하고 안전한 교실 환경을 위한 대청소를, 새로 맡은 업무 파악 및 교육과정 연구와 학급 경영을 위한 준비에 심혈을 기울이는 시간입니다. 아이들은 가정에서 부모님과 2학년 생활에 대한 기대를 나누고 정리 정돈 시간을 만들어 보세요.

• **질문하나생각한스푼** "2학년 학교생활에 무엇을 기대하니?"

설렘과 두려움,
첫 만남의 두 얼굴

　첫 만남의 설렘이 가득하지만 두려움도 가득한 건 무엇 때문일까? 교직 경력이 많아도 첫 만남은 여러 감정이 함께한다. 지난주 출근하여 새 학기 맞이 준비를 정성스럽게 했다고 생각했건만…. 저녁 식사 후 쉬고 있는데 해야 할 것들이 떠올랐다.

　'아이들이 앉은 자리에서 볼 수 있게 시정표를 붙여두지 않았네.'

　'코로나 상황이니 앞문으로 들어오고, 뒷문으로 나가도록 안내 문구를 붙여두어야 했었는데 깜빡했구나.'

떠오르는 생각들을 놓칠세라 메모하기 시작했다. 쓰면 쓸수록 쓸거리가 많았다. 1교시 수업 시작 전에 창문 열기와 바닥 청소, 소독, 책상 서랍 안 한 번 더 확인, 분위기 조성을 위한 음악 틀기, 자가 진단 참여 확인, 필요시 학부모 연락, 등교 못 한 아이를 위한 줌(화상 회의실) 확인, 연구실 가서 진단키트와 추가 안내자료 챙기기, 안내 메시지 확인, 그리고 가장 중요한 아침맞이까지 적으니 12가지다. 1교시부터 4교시 수업 내용을 마인드맵으로 그려보기 시작했다. 머릿속의 생각을 마인드맵으로 정리하니 불안감이 사라지기 시작했다.

새 학기 첫날, 8시 20분까지 출근이지만 8시에 학교에 도착했다. 주차 공간은 벌써 절반 이상 차들로 차 있었다. 일찍 출근하는 새 학교의 분위기에 스스로 만족하며(근데 다른 분들이 일찍 출근하는 모습에 왜 내가 만족스러울까 생각하며) 교실로 올라갔다. 자리에 앉으려는 찰나, 한 남자아이가 교실 앞 복도에서 서성이고 있었다. 일찍 등교한 남자아이를 반갑게 맞이하기 위해 일어났다.

"안녕! 이름이 뭐니?"

"차윤민입니다."

"2학년 ○반 잘 찾아왔구나. 환영해."

"이름 앞에 몇 번이라고 적혀 있니?"

"9번이요."

"9번 신발장 위치는 어디일까?"

"여기요."

"그래 잘 찾았네. 신발주머니 손잡이가 안으로 들어가게
넣어 두면 된단다."

윤민이는 9번 위치에 신발주머니를 가지런히 놓았다. 같
이 교실로 들어갔다.

"윤민아, 칠판에 붙어 있는 자리 배치표 보고 윤민이 책
상 찾을 수 있겠니?"

"아니요."

"선생님이 알려줄게."

"2분단 3번째 자리는 여기야."

"가방 걸어두고, 책상 위에 있는 그림책 읽으렴. 그림책
다 읽으면 교실 뒤 책꽂이에 다른 책들도 많으니 읽고 싶은

책으로 바꾸어 읽으렴."

아이들은 어느덧 자리를 채워 앉았다. 코로나 관련 사항으로 등교하지 못한 2명만 제외하고 다른 아이들은 건강하게 등교했다. 반갑게 인사 후 1교시 선생님 소개로 시작하였다. '김혜경 선생님' 대신에 'ㄱㅎㄱ 선생님'이라고 적었다. 초성을 제시하여 선생님 이름을 맞추기 위해 생각하게 하려는 전략이다. 이름을 맞추고 말겠다는 아이들의 대답이 이어졌다. 이번엔 '하얀 거짓말 찾기'다. 4개의 소개 문장 중에서 세 문장은 나에 관한 진실, 한 문장은 거짓이다. 담임 선생님의 정보에 관심을 보이며 정답을 맞히고 이야기를 나누었다.

① 선생님은 수영을 할 수 있다.
② 선생님은 떡볶이를 좋아한다.
③ 선생님은 책 읽기를 좋아한다.
④ 선생님은 아이가 한 명이다.

새 학기 시작엔 학교에서 사용할 물품이 많다. 서랍과 사물함에 어떻게 정리해야 하는지 안내가 필요하다. 첫 시작의 정리가 중요하다. 서랍 속 정리, 사물함 정리법 안내가 필수다. 2교시는 자기소개하기, 3교시 자기소개 퀴즈와 우리 반 책 읽어주기, 4교시는 첫날 소감 쓰기와 진단키트와 안내장 5장(학사 달력, 학교 생활기초조사서, 행정정보제공동의서, 진단키트 사용 설명서, 주간학습 안내) 배부, 청소, 급식 먹는 방법 안내로 수업 시간을 보냈다.

수업이 진행될수록 지난밤의 설렘과 두려움이 어땠는지 돌아볼 겨를이 없었다. 아이들과의 수업에 집중하며 그 순간에 최선을 다했다. 아이들에게 2학년 첫날 소감을 물었다.

"어젯밤에 무척 떨려서 잠도 제대로 못 잤어요."

"저는 방학 때 심심했었는데 학교에 오니까 좋아요."

첫날의 기분과 감정을 남겨두고 싶었다. 공책이나 학습지보다는 포스트잇에 오늘의 소감을 쓰게 했다. 클래스 캠을 켜고 포스트잇을 놓고서 내가 느낀 감정을 TV 화면으로 보여주며 함께 적어 내려갔다.

"선생님, 저 선생님과 똑같이 적으면 안 돼요?"

"안 돼…. 자기 생각을 적어야지."

순간 대답하고 나서 후회했다. 불과 몇 달 전에는 '쓰기 어려운 친구들은 선생님이 쓴 것 보며 따라 써도 된다'고 말했건만 오늘은 왜 그렇게 말했을까? 혼자 생각해서 적도록 노력해 보고 힘들면 보고 적어도 되는 것이라고 말할 걸……

아이들의 알림장을 확인하면서 소감을 읽어 내려갔다. 글로 만난 아이들 마음이 기분 좋게 다가왔다.

처음엔 떨렸는데 금방 편안해졌어요.

선생님이 친절했어요.

친구들과 사이좋게 지내고 싶어요.

문득 늦은 밤, 출근 전 친한 선생님과 나눈 대화가 생각났다. "3월 첫날. 새로운 만남을 기대하며, 1년 동안도 잘 살아봅시다. 파이팅."이라는 메시지에 나는 "설렘과 두려움이 공존하는 첫날이네요. 덕분에 힘이 납니다."로 응답했다. 아침의 대화 덕분인지 힘이 났다. 첫날 아이들과의 시간은 설렘과 두려움이 공존하며 시작했지만, 깊은 밤 첫날을 되돌아보고 글을 쓰며 아이들과의 만남을 새겼다.

생각 나무가 자라요

교사도 아이들도 첫날은 두려울 수도 있습니다. 하지만 그 마음보다 앞서는 것은 설렘입니다. 설렘의 순간을 아이와 이야기로 나누거나 짧은 글로 남겨둡니다.
"오늘 하루 어땠니?"라고 질문을 던져 대화의 물꼬를 트고 하루를 마감해 보세요.

● **질문 하나 생각 한 스푼** "오늘 하루 어땠니?"

사랑으로 빛나는 존재

    칠판 편지 쓰기를 꾸준히 하는 것이 학급 경영 목표 중 하나였다. 시, 명언, 책 속 문장, 아이들에게 하고 싶은 마음을 담아 하루를 마치고 집에 가기 전에 적거나 아침에 적었다.

    "옆자리에 앉은 친구와 반갑게 인사합니다. 당신에게 가장 중요한 때는 현재이며, 당신에게 가장 중요한 일은 지금 하고 있는 일이며, 당신에게 가장 중요한 사람은 지금 만나고 있는 사람입니다."

    첫날 교실로 들어서며 바라보는 칠판에 적힌 다정한 문

구로 아침을 편안하게 시작하는 마음을 담았다.

둘째 날은 "하늘 아래 내가 받은 가장 아름다운 선물은 오늘입니다. 오늘 받은 선물 가운데서도 가장 아름다운 선물은 당신입니다."

셋째 날은 "오늘 하루 기대 가득한 날입니다. 2학년 3반 사랑으로 빛나는 존재입니다."라고 썼다. 첫날 보지 못했던 아이들 하나하나의 모습에 관심을 가지겠다는 나의 하루 목표이기도 하다. 주어진 활동에 집중하는 모습을 내 눈에 담아두었다.

내 인생은 오직 한 번뿐이기에 할 수 있다고 믿든, 할 수 없다고 믿든 믿는 대로 될 것이다.

작고 연약한 손으로 또박또박 써 내려가는 글씨를 보며 작은 칭찬을 표현했다. 바르고 잘하는 것만 보지 않고, 나의 도움이 필요한 아이들에게 관심을 주었다. 아직 서툴고 모르는 것이 많아 곳곳에서 불협화음으로 나타난다. 쉬는 시간 아이들이 화장실을 다녀오는 모습을 지켜보는데, 그

때마다 뛰는 남자아이와 함께 복도를 걷는 연습을 했다. 사물함에 교과서를 정리하던 시간에는 작은 마찰도 있었는데, 자신을 무시한다고 생각해 "비켜, 씨!"라고 말한 아이와 이를 듣고 속상해한 아이의 일이었다. 나는 두 아이를 불러 서로가 오해할 수 있는 부분에 대해 말하고, 어떻게 대화하는지 알려줬다. 어떤 부분이 미안했는지, 어떻게 사과하는지 함께 이야기를 나누었다.

이마 때리기를 놀이로 생각하는 아이에게 때리는 놀이보다는 평화로운 놀이를 추천했다. 초성 퀴즈는 싫어한다며 포기하려는 아이에게는 틀려도 좋으니 포기하지 않고 도전하려는 마음이 필요하다며 설득했다. 예를 들어, 초성 퀴즈의 정답이 나비였다. 한 남자아이가 "이걸 틀리면 인간이 아니지?"라고 한 표현에 기분이 상한 여자아이는 속상한 마음을 털어놓았다. 나는 이때를 놓치지 않고, (오히려 아이들에게 말할 수 있는 기회라고 생각하며) 말했다.

"틀릴 수도 있어. 초성 퀴즈가 쉬운 친구가 있고, 어려운 친구도 있단다. 사람마다 각자 잘하는 것이 달라. 동구는 달리기를 잘해. 하지만 선생님은 달리기를 못해. 수학을 잘하는 친구 손들어 보겠니?"

"저요. 저요."

"그림을 잘 그리는 친구들은?"

"저 그림 진짜 잘 그려요."

"그림을 잘 그리는 친구와 못 그리는 친구, 노래를 잘하는 친구와 못하는 친구들이 있듯이 자기가 가지고 있는 능력은 다르단다. 얼굴 생김새가 다르듯이 각자 가지고 있는 능력들이 달라. 다름을 인정하며 조화롭게 지내기를 선생님은 소망해."

나만의 특색 있는 학급 경영 프로그램 중 하나는 '나의 날'이다. 번호대로 돌아가면서 하루 동안 선생님과 짝꿍이 되어 급식을 먹고, 오늘 하루 온전히 자신이 주인공이 되는 날이다. 교사는 아이와 좀 더 친밀해지는 기회를, 아이는 학급의 친구들에게 자신을 알릴 기회가 된다. 칠판에는 '○○의 날' 이름을 적어두고 아이를 사랑으로 빛나는 존재로 기억하려 노력한다.

생각 나무가 자라요

우리 아이가 좋아하는 것, 잘하는 것이 무엇인지 질문하면 아이의
입에서 쏟아지는 내용을 들으며 대화를 확장해 나가면 어때요? 내
가 바라보는 아이와 아이가 느끼는 것은 다를 수 있으니까요.

- **질문 하나 생각한 스푼** "요즘 네가 좋아하는 것(잘하는 것)은
  무엇이니?"

아침을 여는 활동들

교실에서 우리 반의 특별한 리츄얼이 있다. 칠판에 있는 감정 출석부에 이름표를 붙인다. 들어오면서 아침 내 감정이 어떤지 스스로 살피는 시간이다. 교사인 나는 아이들의 감정을 알아채고, 주변 친구들도 친구의 감정을 이해하는 시간을 갖는다. 생각하고 말하기를 어려워하는 아이들은 공책에 간단히 쓰도록 했다.

월요일이 되면 주말 이야기를 나눈다. 생각하고 발표하는 시간을 가질 때도 있고, 주일마다 주말 이야기 나눔을 해 왔다. 칠판에 아래의 문장을 적어주고, 잠시 생각할 시간을 주고 모두 돌아가며 발표를 하도록 했다. 이어 말하기는 아이들의 표현 능력에 따라 뺄 수도 있다. 더 자세히 이야기해도 된다.

마라탕 먹은 날
일요일 저녁에 엄마 아빠와 마라탕을 시켜 먹었다. 엄마 아빠랑 같이 먹으니 너무 너무 맛있었다. 또 먹고 싶다.

해가 쨍쨍하면서 좋은 날
오빠 친구들과 축구장을 갔다. 축구장을 가니 친구 은주가 있었다. 은주랑 놀다 보니 3시쯤 됐는데 귀여운 동생이 왔다. 이름은 예슬이라고 한다. 유튜브도 보고 훌라후프도 하고 줄넘기도 했다. 정말 재미있었다.

5월의 마지막 주. 오늘은 이전과는 다른 방식으로 주말이야기 나눔을 했다. 질문 주고 글을 쓰고 발표하기를 했다. 질문을 보여주고, 질문에 대한 대답을 문장으로 쓸 수 있도록 칠판에 예시 문장을 적어 주었다. (이런 이런 사진을 찍지 못했구먼….) 오늘은 원하는 경우에만 발표를 하도록 했다. 24명 중 절반의 아이들이 공책을 실물화상기로 보여주며 발표했다. 글쓰기를 완료하면 공책은 제출하도록 했다. 질문을 주고 쓸 시간을 주니 내용이 풍부하다. 시간이 좀 더 걸리긴 했지만 내용은 훨씬 더 풍성했다.

이제 고민할 것은 글쓰고 발표할 시간을 언제 확보할 것인가이다. 아침에 쑥쑥수학(기초수학) 2페이지 풀기를 매일 하고 있기에 아침시간에 할 것인지, 수업 시간 중 시간을 찾아서 진행할 것인지 고민하며 조정했다.

두 문장으로 모두 발표할 때는 5분 안에 가능했지만 글쓰고 발표하기를 할 경우에는 내용이 길어지니 어렵다. 모둠별로 서로 듣고 말하기 형태로 할 것인지, 발표하는 것을 모두가 듣게 할 것인지도 생각해 보는 기회를 갖기도 했다. 처음엔 두 문장만 적었지만, 내가 "어디에서 발견했어?"라고 질문했더니 술술 뒤의 이야기를 말하는 아이. 그 아이에게 말했던 내용을 더 적으면 어떻겠냐고 했다. 처음엔 적지 않겠다고 했지만, 낚시 이야기를 쓴 친구의 발표를 듣고는 추가로 적어 와서 발표했다. 어떤 질문을 하는지, 어떻게 운영을 하는지에 따라 아이들의 활동 결과는 달라진다.

주말에 가장 기억에 남은 일은 무엇인가요?

이유는 무엇인가요?

언제 있었던 일인가요?

어디에서 있었던 일인가요?

누구와 함께했나요?

무엇을 했나요?

책을 읽기도 하고, 그림책을 읽어주기도 하는 아침의 시간은 우리 반의 귀중한 시간이다. 아이들도 나도 아침을 여는 활동을 천천히 자리 잡도록 한다. 아이들을 위해 클래식 음악을 틀어두기도 했다.

생각 나무가 자라요

월요일마다 주말 이야기를 나누면서 알게 된 점이 있습니다. 가서 무엇을 했는지 물어볼수록 자세히 이야기를 잘합니다. 좀 더 욕심을 부리자면 아이들이 다녀온 곳의 지명, 관람했던 영화(공연)의 제목을 기억할 수 있도록 도와주세요. "바닷가를 갔었어요.", "외가에 갔었어요.", "공원에서 인라인 탔어요." 대신에 강릉 경포대를 다녀왔어요. "○○ 마트를 다녀왔어요.", "○○ 공원에서 인라인 탔어요."라고 말할 수 있도록 하면 어떨까요?

• **질문 하나 생각 한 스푼** "우리 가족이 주말에 다녀온 곳 이름은 무엇일까?"

2교시

학습

가르치고 배우며

책 속 한 줄의
보석 문장 찾기

　『강아지똥』을 함께 읽고, 내 마음에 빛이 되는 문장을 골
랐다. 귀한 보석처럼 아이들에게 책 속의 문장이 다가가기
를 바라며 보석 문장이라는 이름을 붙였다. 며칠 전 국어
교과서에 나온『훨훨 간다』를 읽기 전에 권정생 작가님을
소개했다. 출간된 책 중에서『강아지똥』,『몽실언니』가 널리
읽히고 있음을 알려주었다. 동아리 시간 독서 토론 논술 책
에『강아지똥』을 함께 읽는 날이었다. 국어 시간에『훨훨 간
다』로 알게 된 권정생 작가님과 친해질 기회라고 생각했다.

"『강아지똥』예전에 읽어 본 친구들 있나요?"라고 물었다. 절반 정도의 아이들이 읽어 본 경험이 있다. 책은 누구와 읽는지, 언제 읽는지에 따라서 다가오는 느낌이 다름을 알기에 반복해서 읽어도 좋다. 처음 읽는다고 해도 걱정 없다. 내게는 무척 익숙하고 좋아하는『강아지똥』이 아이들에게는 어떤 의미로 다가갈지를 궁금했다. 함께 읽고서 아이들 마음에 빛이 되는 보석 문장들을 찾아보았다. 선택한 문장을 고른 이유를 글로 표현하는 아이들이 마음이 보석보다 더 빛남을 난 안다.

"봄이 한창인 어느 날 민들레 싹은 한 송이 아름다운 꽃을 피웠어요."는 강아지똥의 영혼이 들어 있는 민들레라는 생각을 하게 한 보석 문장이다. 가장 많은 아이가 고른 보석 문장은 "네 몸뚱이를 고스란히 녹여 내 몸속으로 들어와야 해. 그래야만 별처럼 고운 꽃이 핀단다."이다. 보석 문장으로 쓴 이유를 읽으니 내 마음에 별처럼 고운 꽃이 피는 것 같았다. 아이들의 이유를 읽어보자.

강아지똥은 쓸모없었지만, 나의 도움이 필요하다면

먼저 다가와 말하는 장면이 인상 깊기도 하고

둘 다 행복할 수 있기에 보석 문장으로 골랐다.

흙덩이보다 더 큰 위로를 해 주어서 선택했다.

강아지똥에게 도움이 되는 말을 하는 것이 좋았다.

하늘의 별처럼 예쁘다는 걸 물어보는 마음이 멋지다.

민들레의 말이 따뜻한 느낌이 났기 때문이다.

아이들이 세상을 따스하게 바라보는 시선이 좋다. 아이들의 글에서 향긋한 향기가 풍긴다. 아이들과 함께한 '책 속 한 줄'로 기쁨이 배가 되었다. 오늘은 아이들이 나의 소중한 책 벗이 되었다.

생각 나무가 자라요

그림책 또는 동화책을 읽고 아이들과 책 속 한 줄의 보석 문장을 찾아보는 활동으로 몽글몽글한 감정을 느꼈습니다. 책을 좋아하는 어른들의 책 속 한 줄 모음처럼, 아이들에게도 읽은 책 속에서 보석 문장 찾기 경험을 통해 책과 가까이할 수 있는 기회가 마련되기도 합니다.

● **질문 하나 생각 한 스푼** "책 속에서 어떤 문장이 마음에 드니?"

선거는 처음이지만

학교마다 학급 임원 시작 학년은 다르다. 내가 근무했던 학교는 2학년부터 학급 임원을 할 수 있었다. 처음 경험하는 선거를 위해 나는 사전 준비부터 애썼다. 학급 임원선거가 계획되어 있음을 2~3주 전에 안내하고, 일주일 전에 주간학습 안내와 알림장에 적도록 한다. 임원 도전을 원하는 친구들은 공약(쉽게 약속)을 적어 오거나 미리 연습해서 오라고 했다. 학급 임원선거 날에도 아침 칠판 편지를 썼다.

'가치 없는 경험은 없다.'

아이들에게 도전하는 경험이 값질 것이라고 말해주었다. 그리고 임원선거의 절차를 안내했다. 동표일 경우 1회만 재투표를 실시하고, 생년월일이 빠른 친구가 당선된다는 내용을 강조했다. 오늘은 특히 24명 출석이라 동표가 나올 수도 있다는 것을 염두해 두고 강조 또 강조했다. 회장은 남녀 관계없이 다득표자 1명, 부회장은 남녀 각각 1명씩을 선출한다. 회장 후보에 7명이 희망했다. 소견 발표를 A4 종이에 출력해 온 아이 3명, 또박또박 손 글씨로 정성스럽게 적어 온 아이 1명이었다. 3명은 "선생님, 어떻게 하는 거예요?" 물었다. 아이들의 도전 기회를 살려 주고 싶어 소견 발표를 스스로 할 수 있도록 도와주었다. 내가 옆에 서서 예시 문장을 말하고, 혼자서 생각해서 발표하도록 했다.

"저는 회장 후보 ○○입니다."라고 말해주면, 도전한 아이가 말했다.

"저는 회장 후보 현철입니다."

"네가 회장이 된다면 우리 반을 위해서 친구들에게 무엇을 약속할 거니?"라고 물었다. 아이는 골똘히 생각했다.

"제가 회장이 된다면 우리 반이 싸움 없는 반이 되도록 만들겠습니다." 라고 말했다. 평소 친구들과 싸움을 자주 했던 아이의 발표를 들으며 생각 주머니가 자라고 있구나 생각했다.

어릴 적 나는 수줍음이 많았다. 아마도 초등학교 4학년 아니 5학년부터 수줍음을 조금씩 벗어내고 임원에 도전해 맡기 시작했었던 것 같다. 2학년 때부터 도전하는 적극성을 보여준 아이들이 대견하다. 투표는 한 번 만에 끝났다. 선거 결과를 확인하기 위해 후보로 나오지 않은 아이 중에서 개표를 도와줄 지원자를 받았다. 투표용지 펴 주기, 투표용지에 적힌 이름 불러주기, 이름이 맞는지 투표용지 확인하기, 불린 이름 듣고 칠판에 표시하기의 역할을 부여하였다. 개표가 진행되었다. 후보로 나온 아이, 개표를 도와준 아이, 열심히 후보의 약속을 들은 아이들에게 너희 모두 자신의 역할에 충실했으며 오늘 선거가 잘 마무리되었음을 칭찬해 주었다. 선거는 처음이지만 어른들보다도 나은 모습을 보여준 너희가 내겐 참 예쁘다.

생각 나무가 자라요

학급 임원선거 시작 학년은 학교마다 다를 수 있습니다. 도전하는 경험이 아이들에겐 의미 있고, 성장하는 기회를 얻을 수 있습니다. 혼자서 스스로 준비하는 아이가 있지만, 준비하지 않는 아이도 있습니다. 질문을 통해 아이가 무엇을 준비하면 좋을지 함께 이야기 나눠 보세요.

• **질문하나생각한스푼** "학급을 위해 어떤 일을 도와줄 수 있을까?"

교실로 찾아온
풍성한 벚꽃 나무

길거리마다 벚꽃이 한창일 때 교실에서 벚꽃을 그린다. 아크릴 물감에 면봉을 이용하여 점으로 벚꽃을 표현했다. 면봉을 손에 들고 물감을 찍어 도화지에 콕콕 눌러 벚꽃을 표현하는 아이들의 모습이 예쁘다. 벚꽃 주변 노란 개나리를, 떨어지는 초록 잎을 표현하기도 했다. 모두 같은 하얀 도화지를 받았지만 그려진 벚꽃 나무는 아이들 모습처럼 각양각색이다. 테두리를 골판지로 붙여 액자 형태로 만드니 더욱 근사하다. 자신들의 작품에 만족하는 아이들의 표정을 보니 내 마음에도 벚꽃이 가득 핀다. 교실 뒤편이 봄으로 가득하다. 아이들과 함께 활동한 오늘을 시로 남기고 싶었다. 밀알샘 김진수 선생님과 협동시를 지어본 경험을 바탕으로 아이들과 협동시를 만들었다. 제목을 추천하여 투표해 선정하기로 했다. 아이들이 추천한 제목에는 '화사한 벚꽃 나무', '나의 벚꽃 나무', '나만의 벚꽃 나무', '풍성한 벚꽃 나무', '비밀 벚꽃 나무'가 있었다. 아이들의 절반 이상이 '풍성한 벚꽃 나무'를 선택했다.

풍성한 벚꽃 나무

2학년 ○반 협동시

점으로 무엇을 그릴까?
사람을 그릴까?
벚꽃을 그린다고 한다
핑크색으로 표현하는 벚꽃 나무
사람을 그리지 못해 아쉽구나

나의 벚꽃 나무 아래엔

개나리도 있다

우리 교실에 벚꽃이 활짝 피었다

무지개처럼 예쁜 액자

교실로 찾아온 봄

뿌듯한 기분 가득

만족한 웃음도 가득

오늘도 행복한 하루

협동시의 매력은 이렇게 우연적인 요소들이 무작위로 섞

이면서도 일정한 방향으로 작품을 만들어가는 데 있다.

이리 읽고 저리 읽어도 한 사람이 쓴 것처럼 보인다.

－『동시 쓰기의 힘』, 김진수, 유노라이프

　　교실 가득 벚꽃 나무와 아이들과 내 마음 가득히 찾아온

봄으로 오늘도 웃으며 잠든 날이었다.

생각 나무가 자라요

가족과 함께 일상의 순간을 가족 협동시로 남겨보면 어떨까요? 맛
있는 음식을 먹고 난 후 나누는 소감을, 가족이 함께 나들이 다녀온
소감을, 서로 나누며 한 줄씩 번갈아 말하고 협동시로 나누며 기록
해 두면 좋을 듯합니다.

● **질문 하나 생각 한 스푼** "우리 가족 나들이 어땠니?", "음식은
어땠니?"

생각이 자라는 글쓰기

2학년 아이들과 꾸준히 했던 활동이 글쓰기였다. 꾸준히 실천한 선생님의 비법을 듣기도 했다. 첫날은 포스트잇에 첫날 소감 쓰기를 했다. 3일 뒤…. 3일 동안은 도저히 3분 글쓰기 할 시간이 없었다. 어제는 『나는 나의 주인』이라는 책을 읽고 자신에 대해 써 보려 했으나 시간이 없어 날짜와 제목만 겨우 쓰고서 공책을 덮었다. 오늘은 꼭 글쓰기를 하리라. 미리 오늘의 일정을 메모하고, 아침에 출근하여 수업 내용을 다시 확인하며 언제 가능할지를 가늠해 보았다. 5교시 수학 익힘까지 확인이 끝났는데 10분이 남았다. 이때다 싶어 아이들에게 배움 공책을 꺼내 '나는 나의 주인' 제목 아래 자기에 대해 적으라고 했다. 첫날 자기소개 학습지에 적은 내용 외에 자신에 대해 적어보라고 했다.

실물화상기로 나에 대해 적어주면서 생각을 열어주었다. '나는 책 읽기를 좋아한다. 나는 일주일에 4번은 8천 보 걷기를 한다. 나는 5시 50분에 일어난다.' 아이들은 선생님이 적은 예시를 참고하여 자신에 대해 적었다.

나는 수학을 잘한다.
나는 운동을 좋아한다.
나는 하루 한 번씩 5장을 공부한다.
나는 7시 50분에 일어난다.
나는 태권도를 잘한다.
나는 줄넘기를 잘한다.

자신이 잘하는 것에 대해 아이들에게 오늘 더 가까이 다가간 기분이다. 이어서 오늘의 3분 글쓰기 시간이다. 오늘

학교에서 있었던 일을 떠올려 보며 기억에 남는 것을 3분 동안 자유롭게 써 보라고 했다. 역시 내가 먼저 공책에 적는 것을 예시로 보여주었다.

"선생님 공책 끝까지 써야 해요?"

"아니야, 3분 동안 쓸 수 있는 만큼 쓰는 거야. 한 줄을 쓸 수도 있고, 세 줄을 쓸 수도 있고, 다섯 줄을 쓸 수도 있어. 자신이 쓸 수 있는 만큼 쓰면 된단다. 또 질문 있는 사람 있나요?"

타이머를 켜고 3분을 맞춘다. 처음이지만 집중하는 모습에 오늘도 대견함을 느낀다. 물론 "한 줄 쓰고 그만 써도 돼요?"라고 묻는 아이도 있지만 말이다. 타이머가 울린다. 3분이 끝났음을 알린다. 공책을 거두었다. 점심 후 아이들이 없는 교실에서 아이들이 기억에 남는 수업은 무엇이었는지 읽어본다.

전국의 선생님들이 자발적으로 모여 활동하는 '자기경영

노트 성장연구소'에서 4주 토요일은 한 달의 삶을 서로 나누었다. 한 달을 보내면서 좋았던 점, 아쉬웠던 점, 그리고 앞으로 해야 할 일에 대해 간단히 기록하고 이야기를 나누는 것을 '좋.아.해'라고 이름 붙였다. 우리 반에서도 3월 한 달을 돌아보며 '좋.아.해'로 나누고, 활동 소감도 '좋.아.해'로 정리해 왔다. 처음에는 3분 글쓰기라는 이름으로 시작한 쓰기. 이제는 좋.아.해 글쓰기 하자고 말한다.

쓰기에 대한 부담감이 있는 아이들을 위해 차근차근 단계적으로 진행한다.

1. 활동한 것에 대해 소감을 나눈다.
2. 교사용 공책을 실물화상기에 비춰가며 적는다.
3. 공책에 적으며 활동을 하면 아이들의 속도를 가늠할 수 있다.
4. 자기 생각을 쓰기 어려워하는 아이들은 교사의 예시를 보고 쓸 수 있게 한다.
5. 자기 생각을 편안하게 표현하는 아이들은 스스로 적게 한다.

개인마다 적응하는 속도는 달랐지만, 생각을 한 문장에서 여러 문장으로 표현하는 아이들이 늘어났다. 글쓰기에 재미를 붙이는 아이들이 보였다. 읽는 즐거움에서 쓰는 즐거움으로 바뀐 계기는 『아티스트 웨이』를 읽으며 써 내려간 모닝 페이지였다. 아이들의 좋.아.해 글쓰기가 내가 느꼈던 그 마음처럼 자신들의 모닝 페이지가 된다는 느낌을 받았다. 내 속에 감추어져 있던 감정을 쏟아낼 수 있게 해 준 모닝 페이지였다. 행복을 발견해 준 글쓰기가 누군가에게 다정함으로 닿았기를 바란다. 물론 나 혼자만의 착각일 수도 있지만 난 믿는다. 진심으로 누군가의 마음에 닿았음을….

생각 나무가 자라요

글을 잘 써서 글을 쓰는 것이 아닙니다. 글을 쓰다 보면 생각이 자란다고 합니다. 말한 내용을 글로 쓰면 됩니다. 말하듯이 쓰면 하나의 자연스러운 글이 됩니다. 함께 이야기 나누고 같이 써 보면 어떨까요?

• **질문 하나 생각 한 스푼** "오늘 하루(일주일/한 달) 중 가장 기억에 남은 일은 무엇이니?"

바른말 알림 활동

캠페인 활동을 2학년 아이들도 함께했다. 바른말 알림 활동. '말은 그 사람의 인격을 나타낸다.' 말이 주는 놀라운 힘을 알기에 아이들에게 바른말 사용에 대해 자주 이야기 한다. 마침 2학년 국어 교과서에 바른 알림 활동이 적절하게 나타났다. 지난해 예시작품을 감상하고, 아이들의 열린 생각들을 모아 문장을 만들었다.

마음에는 두 가지 꽃이 있다. 하나는 좋은 말을 하면 핀다.
나쁜 말을 하는 꽃은 상대방을 콕콕 찌른다.

좋은 말을 하는 꽃은 상대방의 마음을 부드럽게 해 준다.

좋은 말은 예쁜 꽃이 피지만 나쁜 말은 나쁜 꽃이 핀다.

지혜롭고 똑똑한 행동은 바른말 사용

바른말은 마음의 약, 나쁜 말은 마음의 담배

내가 한 말은 씨앗 예쁜 말로 행복의 꽃을 피워요.

욕은 마음의 화살, 좋은 말은 사랑의 화살

말은 내 인생을 결정합니다.

내가 뱉은 말은 나를 나타냅니다.

바른 말 고운 말 사용해요.

착한 말은 행복으로 다가오고,

나쁜 말은 불행으로 돌아온다.

줄임말 함부로 쓰지 맙시다.

바른 우리말 사용 퍼지는 행복 미소

고함지르지 않아요, 알맞은 목소리로 말해요.

어릴 적과 다른 나, 바른 말 고운 말 사용해요.

고운 말은 쌓아지고 나쁜 말은 부서진다.

어릴 때와 다른 나, 이제 고치자.

나쁜 말은 나에게 불행, 좋은 말은 나에게 행운

배려하는 말은 천사를 만들고 나쁜 말은 악마를 만든다.

말은 마음의 부메랑, 뱉은 말은 언제든지 돌아온다.

고운 말은 득이고, 나쁜 말은 독이다.

말은 그 사람의 인격입니다.

좋은 말은 좋게 만들고, 나쁜 말은 나쁘게 만든다.

아이들이 발표한 문장을 듣고 감탄사를 계속 발사하는 나였다. 선생님의 반응에 아이들도 신났다. 예시의 문장과 비슷하기도 했지만 생각하고 발표하는 활동이 아이들에게 의미 있게 다가가리라 믿는다. 글자를 균형감 있게 배치하기 위해 공간을 나누는 방법을 설명했다. 설명했다고 이해하는 건 아니기에 종이에 그린 공간의 활용이 어떤지 살피며 교실을 이리저리 여기저기 돌아다녔다. 집중할 때 나타나는 입을 모으고 활동하는 모습이 사랑스럽다.

점심시간을 이용하여 알림 활동을 했다. 알림 활동 포스터를 챙겨 5층으로 올라갔다. 포스터에 쓴 문장을 내가 먼저 말하면 아이들이 따라서 말했다. 관심 있게 지켜보는

5, 6학년 아이들. 동생들이 말하는 문장을 따라 말하기도 했다. 의미 있는 활동을 했다는 생각에 뿌듯해하는 아이들이다.

생각 나무가 자라요

사회에서 하는 캠페인의 시작은 학교에서 하는 알림 활동입니다. 자신이 직접 만든 홍보 자료로 알림 활동에 참여하며 생활 속에서 작은 실천을 하게 됩니다. 교과 내용 속에서 만나는 알림 활동이 무엇인지 함께 나눠 보세요.

● **질문하나 생각한스푼** "어떤 내용으로 알림 활동을 했니(하면 좋을까)?"

친구에게 날개를 달아주자

우리 반에 통합반 아이(특수학급과 일반 학급을 오가며 수업을 듣는 학생)가 있던 해가 있었다. 2주를 지켜보았지만 혼자서 척척 잘했다. 국어, 수학, 알림장, 색종이 오리기, 색칠하기, 딱지 접기, 글쓰기도 잘하고 인사도 밝게 잘하는 지수다. 친구 사랑의 날 기념으로 통합교육반 선생님께서 다양성 이해 교육을 해 주셨다. 줌 수업에 참여하는 아이들이 5명이나 있어서 옆에서 도와드리기로 했다. 통합반 선생님의 발랄한 목소리로 인사를 하며 시작한다. 1학년 때 통합반이었던 아이들의 이름을 말하며 함께 생활한 경험을 물으며 시작하는 선생님 그리고 대답하는 아이들. 발표한 아이들의 반응이 긍정적이다. 아이들의 눈빛은 반짝반짝 빛난다. 선생님께서 2학년 수준에 맞게 쉽게 이해하도록 설명해 주신다. 통합반 아이는 천천히 배운다는 말씀과 "우리는 서로 다른 아이들이다. 함께 어울려 지낼 수 있도록 하자." 등을 설명하신다. 아이들은 집중도 잘하며 듣는다. 퀴즈를 낼 때는 열렬히 반응한다. 퀴즈도 잘 맞춘다. 통합반 선생님께서 『날개 잃은 천사』 그림책을 읽어주셨다. 마지막 활동은 우리 반 지수에게 편지를 쓰는 것이었다. 통합반 특수 선생님께서는 사전에 지수의 모습을 사진으로 찍어 편지지를 귀엽고 예쁘게 만들어 오셨다.

"얘들아, 우리 지수에게 날개를 달아주자. 친구에게 힘이 되는 말을 해 보자."라고 말씀하시며 칠판에 날개를 그려주신다. 아이들이 연필을 집었다. 편지를 써 내려가는 연필 소리가 사각사각 들린다. 받은 편지의 내용을 보니 온기가 가득하다. 다양성 이해 교육 수업은 마치고, 오후에 미처 드리지 못한 편지를 가져다드리겠다는 메시지를 통합반 선생님께 보냈다. 선생님의 답장엔 '수업하면서 분위기 좋은 것이 느껴졌어요. 아이들의 따스함이 전해져서 무척 행복했어요. 지수가 편안하게 생활할 것 같아 안심되어요.'라고 쓰여 있었다.

　3분 글쓰기 시간이 되었다. 오늘 기억에 남는 수업 내용을 적어 보자고 했더니 다양성 이해 교육을 쓴 아이들이 많았다. 예시로 적어놓은 '따스한 월요일이다.'를 따라 쓰는 아이들도 보였다. 생각을 써 내려가는 아이들이 눈에 들어온다. 아이들의 모습을 보고 있으면 마음이 따스해지는 순간들이 많다.

생각 나무가 자라요

학급에는 다양한 성격과 성향을 가진 아이들의 모여 지냅니다. 나와 다름을 인정하고 함께 잘 지내는 방법은 무엇이 있을지 생각을 나눠 보면 어떨까요?

- **질문 하나 생각 한 스푼** "나와 다른 성향을 가진 친구들과 평화롭게 지내는 방법은 무엇이 있을까?"

내게 필요한 마음 신호등

'마음 신호등'이란 마음의 3단계 표현 방법을 알아보고 실천해 보는 수업이다. 마음에 신호등을 달고 규칙에 따라 말하고 행동하면 싸움이 일어나지 않을 수 있다는 걸 일깨운다. 멈추기 → 생각하기 → 표현하기의 3단계로 이루어져 있다. 아이들과 마음 신호등 의미를 알고 친구에게 어떻게 표현하면 좋을지 역할극을 해 보며 익혀보는 중에 돌발 상황이 발생했다. 역할극을 끝내고 자기 자리로 들어가는 아이에게 한 친구가 박태준을 빵태준이라고 불렀다. 자기 이름을 빵태준이라고 들었던 아이는 그 친구의 다리를 발로 찼다. 마침 마음 신호등에 관한 활동을 하고 있으니 실제 생활에서 겪은 이야기를 해야겠구나 싶어 어떻게 대화를 하면 좋을지 나누었다.

"네가 내 이름을 빵태준이라고 불러서 기분이 나빴어. 다음부터는 내 이름을 이상하게 부르지 않았으면 좋겠어."

"미안해. 앞으로는 네 이름을 이상하게 부르지 않고 제대로 부를게."

"알겠어. 나도 미안해. 네 다리를 발로 차서 미안해."

"아팠어. 다음부터는 그러지 말았으면 좋겠어."

마음 신호등을 실천하며 훈훈하게 마무리되었다. 하지만 나를 시험하는 상황이 생겼다. 책 읽기를 좋아하는 아이가 있었다. 그 아이는 아침에 도서관에 들러 책을 빌린다. 도서관에서 교실까지 오는 동안에 걸으면서 책을 읽기에 위험하니 교실에 와서 읽으라고 이야기했다. 문제는 수업 시간이다. 아이는 책을 읽느라 선생님 설명은 듣지 않을 때가 많다. 친구들의 발표도 듣지 않을 때가 많다. 나는 3월의 성품인 경청을 실천하자고 이야기했다. 여러 가지 상황을 제시하며 함께 실천 해 보기도 했다. 그러나 그 아이는 자기만의 책 세상에 빠져 있었다. 그 모습에 화가 났다. 내 감정을 조절하지 못하고 소리를 질렀다. 정작 내가 멈추고 생각하고 표현하는 마음 신호등을 실천하지 못하고 있었다. 다시 마음을 가다듬고 책 세상에 빠진 아이에게 말했다.

"선생님이 큰 소리 내어 미안해. 네가 수업과 관련 없는 책을 읽고 있어 선생님은 화가 났어. 수업에 집중해 주길 바라."

"죄송합니다. 수업 시간과 관련 없는 책 읽지 않을게요."

나도 아이에게 내 마음을 마음 신호등을 활용해 표현했다. 아이들도 자신의 감정을 자연스럽게 표현하기를 바라면서 말이다.

생각 나무가 자라요

내 마음이 어떤지 상대방에게 자연스럽게 말할 수 있는 아이로 성
장하길 바라는 게 부모의 마음입니다. 부모님들도 아이들에게 마음
을 표현하고 아이들도 부모님께 자신의 마음을 자연스럽게 말하는
분위기를 만들어 보아요.

● **질문 하나 생각 한 스푼** "지금 내 기분은 어떠니?"

아름다운 말의 씨앗들이
내게로 날아오다

국어 시간에 김장성 작가님이 직접 읽어주는 『민들레는
민들레』 영상을 보여주고, 도서관 올라가는 계단에 피어난
민들레 사진을 보여주었다.

"예뻐요", "정말 예뻐요."라고 말했던 아이들. 민들레를
보고 아름다움을 느낄 줄 아는 아이들의 반응에 '기분 좋
다.'라고 생각하고 지나갔다.

다음 날, 한 아이가 내게 와 말했다.

"선생님, 도서관에서 『민들레는 민들레』 빌렸어요. 도서
관에서 읽어도 좋았어요. 집에 가서 또 읽으려고 빌렸어요.

엄마랑 아빠랑 함께 볼래요."

나의 말이 아이들 마음에 다가가듯이, 아이들 말이 내게로 다가와 생각날 때가 많다. 일주일을 정리하며 글을 쓰는 일요일 저녁에도, 아이들이 말했던 그 순간 그 장면이 떠올랐다. 민들레 홀씨 하나 큰 숲을 이루듯 아름다운 말의 씨앗이 내게로 날아와 몽글몽글 감정의 숲을 만든 날이었다.

몽글몽글 감정의 숲을 만든 날은 종종 있다. 진호가 수업 시간에 집중하지 못하고 딴짓하고 있으니 짝이 옆에서 조용히 말한다.

"진호야, 같이 활동하자. 내가 도와줄게. 이건 이렇게 자르는 거야. 한번 해 봐." 진아의 말에 진호는 가위를 들고 자르기 시작한다. 자르고 붙이는 조작 활동을 어려워하는 진호와 부드러운 대화들을 주고받는 모습을 보니 어느새 내 얼굴엔 미소가 번져 있었다. 진아를 보며 나를 되돌아보는 시간이었다. 못한다고 다그치기보다 부드러운 어투와 '도와줄게.'라는 말을 함으로써 마음이 열리면 소통이 더 잘

되는 것을 말이다.

국어 시간, 꽁지 따기 놀이를 배우고 익히는 활동을 했다. 꽁지 따기 놀이는 '원숭이 엉덩이는 빨개, 빨간 것은 사과, 사과는 빨개…'처럼 앞 단어를 이어 연상되는 표현으로 말하는 활동이다. 교과서의 예시를 함께 읽어보았다. 교사가 예를 들어 보여주면 아이들의 생각을 활짝 열어줄 수 있기에 종종 실물화상기를 켜고 공책을 펴서 직접 쓰면서 활동한다. 예시 문장의 마지막에 '예쁘면 2학년 3반'이라고 썼다. 아이들의 발표 시간. 경험을 바탕으로 연상되는 표현을 쓴 아이들의 발표를 모두 들었다. 자신의 색이 드러난다. 글 속에서 아이들의 마음을 알 수 있다. 예쁜 우리 반 아이들이 선생님도 예쁘다고 생각한다는 것이다. 무엇보다도 따스했던 그날의 수업이었다. 아이들을 생각하는 마음이 짝사랑이 아니라 서로 주고받는 쌍방향임을 느낄 때 몽글몽글한 감정으로 가득 찬다.

사과는 빨개   사과는 빨개
빨가면 체리   빨가면 김치
체리는 작아   김치는 매워
작으면 민들레씨   매운 건 떡볶이
민들레씨는 크면 민들레가 되지   떡볶이는 맛있어
민들레는 예뻐   맛있는 건 푸딩
예쁘면 선생님

생각 나무가 자라요

어떤 말을 들었을 때 기분이 좋은가요? 또는 어떤 말을 누군가에게
할 때 기분이 좋아지는 느낌을 받기도 합니다. 아이와 들어서 기분
좋은 말, 말하면서 기분 좋은 말 이야기 해 보아요.

• **질문 하나 생각한 스푼** "들어서 기분 좋은 말은 무엇이니?"

좋아하는 동시 낭송

책을 읽기 시작하면서 나는 동시도 좋아하는 사람인 것을 알았다. 같은 학년을 이어서 하면 좋은 점은 이전에 보이지 않는 것이 보인다는 것이다. 국어 1단원에 만난 첫 번째 시 윤동주의 「봄」이 새롭게 다가왔다.

봄

윤동주

우리 아기는

아래 발치에서 코올코올

...

따스한 햇살 아래 평화로운 봄의 풍경이 그려진다. 코올 코올, 가릉가릉, 소올소올, 째앵째앵 네 글자의 흉내 내는 말이 정겹고 이쁘다. 아이들과 소리 내어 읽으며 풍경을 느껴본다.

초등학교 2학년 국어시간 다양한 시를 읽으며 장면을 떠올리고 인물의 마음을 상상해보고 자신이 좋아하는 시를 낭송해 보는 것이다. 작년에는 좋아하는 시를 집에서 골라와 발표만 했었지만 올해는 도서관에 있는 시집을 아이들 수보다 넉넉하게 빌려와서 아침 활동 시간과 활동 후 시간이 남을 때 자주 읽도록 했다.

좋아하는 시 낭송하기 준비

1. 도서관에서 시집을 학생 수보다 여유 있게 빌린다.
2. 아침 활동 시간이나 시간이 남을 때 읽을 시간을 준다.
3. 좋아하는 시를 고른다.

4. OHP 1/2에 네임펜으로 시를 쓴다. (가로든 세로든 상
   관 없음)

5. A4에 시와 어울리는 배경을 꾸민다.

6. 친구들 앞에서 시를 낭송한다.

7. 듣는 아이들은 체크리스트를 이용해 표시한다.

8. 소감을 적는다.

9. 다른 친구들의 시를 소리 내어 읽어본다.

아이들은 완성 후에 어떤 형태로 보일지 예상하지 못했
나 보다. 자신들이 고른 시가 멋진 모습으로 완성된 것에
무척 뿌듯해했다. 경청하는 분위기를 위해 간단 체크리스
트를 만들었다.

시 낭송하기를 마친 후에 소감을 써 보게 하고, 친구들의
시를 바꾸어 읽어보고, 집에 가서 부모님께 자신이 고른 시
를 읽어드리도록 했다. 짧은 기간이었지만 아이들이 시와
가까워졌기를 바란다.

생각 나무가 자라요

동시를 읽으며 언어의 아름다움에 빠지게 되었습니다. 아이들도 무척 좋아하는 동시입니다. 함께 읽고 지어 보고, 자신의 목소리로 읽어보는 기회를 가져 보세요.

- **질문 하나 생각 한 스푼** "요즘 좋아하는 동시는 무엇이니?"

우리 동네 소개 프로젝트

2학년 교육과정에 우리 동네를 탐색하는 활동이 나온다. 9월의 어느 날 이천의 다른 동네 초등학교 선생님께서 제안을 했다. 우리 동네 소개하기 마지막 활동을 다른 학교 친구들에게 소개하고 어떤 초등학교인지 맞추는 활동을 하면 어떨까 하고 말이다.

우리 동네의 무엇을 소개할까? 어떤 방법으로 소개를 할까? 우리 학교와 우리 교실, 그리고 아이들이 살고 있는 아파트와 전원주택, 아이들이 가족과 함께 방문하는 맛있는 음식점, 아이들이 평소 즐겨 방문하는 도서관, 그리고 학교를 마치면 가는 학원. 자신이 소개하고 싶은 것을 정해 소개글을 썼다.

줌에서 만나는 다른 학급의 교실 풍경에 무척 반가워했다. 신기해하기도 했다. 네모난 공간은 같지만 채워진 모습은 다르다. 같은 이천이지만 서로가 사는 모습이 다름에 아이들은 눈을 떼지 못했다.

지난 9월 20일 수요일 줌 수업을 했다. 신기하고 친구들이 예쁘고 멋졌다. 부끄러웠다. 기분이 좋았다.

동네 소개를 했다. 잘 아는 친구들이 된 것 같아 상상한 것보다 기분이 좋고 떨리기도 했다. 정말로 좋았다. 개운하기도 했다. 난 또 줌을 하고 싶다. 최고 너무 좋았다. 난 대견하다. 오늘 기분을 내일도 이어서 가고 싶다.

다른 학교 친구들을 만났다. 우리 동네 소개하기 전에 소개하고 싶은 것을 고를 때 나는 도서관을 골랐다. 그다음에 도서관을 가서 사진을 찍고 책도 읽었다. 책이 아주 재미있었다. 친구들의 목소리가 잘 안 들렸지만 괜찮았다. 온라인 수업이 끝날 때 아쉬웠다. 다음에 또 하고 싶다. 발표하기 전엔 쉽다고 자신감이 많았지만 발표할 땐 가슴이 두근두근 거리고 잘 못할 거라고 생각했다. 다행히 발표를 잘 마쳤다. 뿌듯하고, 재미있고, 기분이 좋았다. 만약에 또 할 수 있으면 자신감을 가지고 발표를 멋지게 할 거다. 엄마한테 또 했다고 말해야지!

우리는 쉽게 맞추었지만 상대는 결국 못 맞추고야 말았다. 하지만 재미있었던 날이다.

우리 동네 프로젝트로 아이들은 어느 때보다 귀한 경험했다. 내가 사는 동네를 소개하는 모습에서 자랑스러움과 애정이 가득했다. 더불어 이웃 동네에 관심 가지는 기회가 되지 않았을까? 아이들의 똘망똘망한 눈망울과 웃음이 아직도 선명하게 떠오른다.

생각 나무가 자라요

매일 다니는 우리 동네를 자세히 살펴보는 활동을 통해 아이들은 자신이 사는 곳을 자랑스럽게 여겼습니다. 어디에 무엇이 있는지, 어떤 곳인지 걸으며 함께 이야기하는 시간이 아이들에게 또 다른 생각 기회를 줄 거라 믿어요.

- **질문하나생각한스푼** "우리 동네의 어떤 곳을 소개하고 싶니?"

우리 동네 소개 발표 자료

초등 2학년의 마인드맵

2학년 아이들과 마인드맵 활동은 2020년으로 거슬러 올라간다. 코로나로 온라인 수업을 하던 때였다. 새로운 해를 맞이하는 목표를 마인드맵으로 표현했다.

마인드맵은 생각 지도라고 한다. 한 달을 어떻게 보냈는지 마인드맵을 그리며 돌아본다. 매주간 목표 쓰기, 가급적 매일 감사, 칭찬일기 쓰기는 우리 학급의 특색 있는 활동이다. 반복적으로 주기적으로 하면서 익숙해진 아이들이 늘어난다. 익숙해지니 재미있게 활동하는 아이들도 많아진다. 성장하는 모습이 눈으로도 보인다. 개인별 수준 차이는 있지만 자기만의 속도로 아이들은 한 걸음 내디딘다.

2학년들은 공간에 대한 개념이 덜 발달되어 있어 마인드맵 양식을 손으로 그려 칼라 복사하여 나눠준다. 내가 선택한 중심 이미지는 낙엽들이었다. 10월은 가을의 절정이다. 아이들과 낙엽으로 꾸미기, 낙엽 책갈피 만들기 활동이 선명하게 저장되었다. 자신의 인상 깊은 활동 이미지를 중심 이미지로 그리도록 했다. 좋았던 점부터 시작한다. 실물화상기로 이미지를 보여주면서 이야기를 주고받으며 마인드맵 했다.

2학년 5월 좋아해 마인드맵

→ 5월 좋아해 마인드맵을 할 때는 중심 주제어, 주가지, 주가지 주제어를 모두 적고 표시한 학습지를 준비해서 활동했다.

2학년 6월 좋아해 마인드맵

→ 6월 좋아해 마인드맵을 할 때는 주가지, 주가지 주제
어만 적고 표시한 학습지를 준비해서 아이들이 중심 주
제어와 부가지를 완성하도록 했다. 9월 좋아해 마인드맵
은 주가지만 그린 학습지를 준비해서 컬러 프린트 해서
나누어 주었다. 아이들은 중심 주제어, 주가지 주제어를
적고 마인드맵을 완성했다.

2학년 9월 좋아해 마인드맵

→ 9월 좋아해 마인드맵은 주가지만 그린 학습지를 준비
해서 컬러 프린트해서 나누어 주었다. 아이들은 중심 주
제어, 주가지 주제어를 적고 마인드맵을 완성했다.

저학년은 A4의 공간을 활용하기 어려워하는 경우가 있
어 단계적으로 학습지를 제공했다. 하지만 하얀 A4에 공간
을 생각하며 마인드맵 그리는 아이들도 제법 있었다. 최종

목표는 아이들 모두 A4 흰 종이에 자신만의 마인드맵을 자신 있게 그릴 수 있으면 한다. 자신만의 속도로 말이다.

생각 나무가 자라요

마인드맵은 영국의 기억력 · 공부법 전문가인 토니 부잔(Tony Buzan)이 1974년 개발한 생각 정리 기술이자 도구입니다. 중심 주제에서 뻗어나가는 가지 형태로 정보를 시각화하여 기억하고 이해하는 데 효과적입니다. 마인드맵은 단순한 암기 도구를 넘어 창의적인 아이디어를 떠올리고 문제를 해결하는 데 활용될 수 있습니다. 아이들과 함께 그려보는 시간을 만들어 보세요.

- **질문 하나 생각 한 스푼** "오늘 하루를 떠올려봐. 떠오르는 것들은 무엇이 있을까?"

5월 좋아해 마인드맵

6월 좋아해 마인드맵

9월 좋아해 마인드맵

3교시

놀이

놀고 깨우치며

가위바위보:
언제나 어디서나 누구나 즐겁게

  우린 언제부터 가위바위보를 했을까?

  아기가 꼼지락꼼지락 손가락을 움직이다가 잼잼곤지곤지를 하게 된다. 손가락 두 개를 펼쳐 보이는 브이를 하다가, 손가락 세 개로 가위를 내다가, 제대로 가위를 하기도 했던 우리 아들들. 언제부터 가위바위보를 할 수 했는지 기억나지 않는다. 손가락 두 개를 드는 브이가 먼저인지 가위바위보가 먼저인지 모르겠다. 가위바위보를 할 줄 알게 된 순간부터 우리의 삶에서 가위바위보는 지금까지 쭈욱 함께했다.

  두 아들 어릴 적 가위바위보만으로도 재미있던 날이 있

다. 둘이, 셋이, 넷이 함께 가위바위보 하며 한참을 보내며 웃음 가득한 날을 보내기도 했다. 캠핑을 자주 다녔던 때엔 설거지 당번을 정하기 위한 가위바위보가 치열했다. 어른 과 아이가 한 팀이 되어 재미로 하는 가위바위보. 스포츠를 좋아하는 두 아들 덕에 배드민턴을 할 때도 가위바위보를 한다.

"안 내면 진다. 가위, 바위, 보."

교실에서 하루에도 여러 번 가위바위보를 한다. 선생님 과 텔레파시 통하는 사람, 선생님을 이겨라, 선생님에게 져 라. 아이들을 바라보며 내 손에 레이저를 쏘는 모습이 사뭇 진지하다. 아이들끼리도 자주 하게 된다. 아이들은 자신이 선택할 권리를 무척 좋아한다. 역할극을 할 때 서로 하고 싶은 역할을 정할 때도 가위바위보 이긴 사람이 하고 싶은 역할을 먼저 정하도록 한다. 이상적인 것은 서로 합의해서 하고 싶은 역할을 정하는 것이지만 2학년은 쉽지 않다.

8월 14일 월요일 2학기 개학이었다. 수요일 2학년 수학 1

단원 교과서 붙임 자료 사용 후 스티커가 남았다. 수업 시간도 10분 정도 여유가 있었다. 창의적 체험활동 시간을 이용해 놀이 활동을 할 수 있지만 잠깐의 여유 시간을 이용해 아이들의 마음 열기, 의사소통력 향상, 즐거움 향상을 위해 남은 스티커를 이용해 스티커 가위바위보 게임을 하면 좋겠다고 생각했다.

의자에 앉아 있다가 일어서니 좋은가 보다. 아이들의 표정이 밝아진다. 음악을 틀어준다. 음악 소리를 들으며 움직인다. 처음에는 내가 좋아하는 친구를 만난다. 그러다가 지나가다 눈이 마주친 친구 누구라도 만난다. 다행히 피하는 친구가 안 보인다. 고맙다. 나도 함께한다. 선생님과 가위바위보 해서 이기니 좋아한다. 진 아이에게는 선생님이 주는 선물이야 하며 스티커를 붙인다. 계속 진다고 속상해하는 아이가 생긴다. 괜찮다고 말해주지만 그래도 위로가 되질 않나 보다. 눈물이 나오려는 것을 꾹 참는 게 보인다.

9개의 스티커를 모두 붙이면 자리에 앉도록 하고 가위바위보 활동 후 소감을 맛에 비유해 보라고 했다. 놀이와 맛의 비유가 만나 가위바위보가 더 맛있어졌다.

　달달한 초콜릿 맛
　새콤한 레몬 맛
　톡 쏘는 맛
　좋아하는 딸기 케이크 맛
　새콤한 레몬 에이드 맛
　매콤 떡볶이
　엄청 엄청 엄청 울울트트라라 엄청 맛있음
　내가 많이 져서 슬프지만 재밌고 달달하고 초콜릿 맛 같다.
　초코빵 먹을 때 우유 한잔을 딱 하는 것 같다.
　달콤한 맛

가위바위보 놀이를 마치고 짤막 소감을 써보기도 했다.

선물을 많이 받아서 정말 좋았다. 친구들과 인사를 나누
니 기분이 좋다. 선물을 받아서 좋고 선물을 주니까 좋
다. 가위바위보가 이렇게 재미있는지 몰랐고 기뻤다. 친

구들에게 져도 선물을 받으니까 기분이 좋다. 다른 친구들에게 선물을 나눠줘서 기분이 좋다. 지는 것 싫지만 선물 받는다고 생각하면 정말 좋다. 말주머니에 써 놓은 뿌듯, 행복, 선물 많이 받아서 좋다. 선물 많이 받아서 싫고 좋고 모르겠다. 가위바위보 할 때 좋았다.

가위바위보가 이렇게 재미있다는 표현이 나의 마음을 몽글몽글하게 한다. 놀이하면서 교사의 언어사용의 중요성에 대해 체감했다. 놀이하면서도 아이들이 어떻게 하면 좋을까도 생각했다.

가위바위보 텔레파시도 자주 사용한다. 아이들과 텔레파시가 통하는 기쁨이 좋다. 가위바위보가 참 좋다. 가장 단순하지만 가장 재미있을 수 있는 놀이다. 한번 빠지면 헤어 나오기 힘들다. 어른들도 재미있는 가위바위보. 가위바위보는 우리 식탁의 김치처럼, 약방의 감초처럼 빠질 수 없다. 이까짓 가위바위보가 아닌 언제나 어디서나 가위바위보다.

생각 나무가 자라요

전 세계적으로 널리 알려진 가위바위보의 기원에 대해 아이들에게 이야기해 주세요. 가위바위보의 기원에 대해 아이들과 이야기 나눠 보세요. 나무위키의 세계 가위바위보 협회의 자료에 따르면 중국의 충권이 다양한 형태로 거쳐 변형되다가 17세기경 일본으로 전해진 뒤, 일본과 서양의 접촉이 증가하며 20세기에 서양으로 전해졌다고 설명하고 있습니다.

- **질문 하나 생각 한 스푼** "가위바위보는 어느 나라에서 처음 시작되었을까?"

눈치 게임:
보고 관찰하고 경청하기

눈치 게임은 새 학기가 되면 하는 놀이다. 단순하지만 스릴감이 있어 아이들이 좋아한다. 뻑뻑함을 풀어주는 윤활유처럼 학기 초 어색한 아이들 사이의 공기를 부드럽게 바꿔 주기를 기대하는 마음도 크다.

예능 프로그램에서 자주 나와 대중적인 놀이일지라도, 우리 반 아이들이 대부분 알고 있는 놀이라고 하더라도 함께 참여하는 구성원들과 놀이 방법에 대한 설명은 필수다. 구성원들과의 합의 과정도 꼭 필요하다. 물론 궁금한 점을

물을 수 있는 질문의 시간도 반드시 가진다.

"처음은 연습 게임입니다. 너희들이 잘 이해했는지 게임을 하면서 확인하는 시간입니다. 준비되었나요? 시작!"

"1", "2", "3"

3을 외친 아이들이 세 명이다.

"이번 판은 연습경기야. 휴~ 다행이다."

다행이라는 말을 한 아이의 얼굴에서 진심으로 안도하는 표정을 볼 수 있다. 아웃 되지 않고 놀이에 참여하고 싶은 아이의 마음이 느껴지는 순간이다.

"지금부터는 진짜 시작입니다. 준비되었나요?"

"예~"

단순한 놀이지만 희로애락의 순간을 마주한다. 기쁜 순간은 "1"이라고 말하며 앉을 때이다. 긴장감 가득한 첫 시작을 성공한 아이의 눈빛은 반짝반짝 빛난다. 마지막까지 아웃 되지 않았을 때는 고함으로 기쁨을 표출한다. 슬픈 순간은 친구와 내가 동시에 숫자를 말해서 친구와 같이 아웃 되거나, 숫자를 잘못 말해서 아웃 되는 순간이다. 그럴 때는 눈물을 흘리는 아이가 있다. 눈치 게임을 하면서 화를 낼 때도 많다. 아웃 되면 화를 내는 경우가 꼭 있다. 친구에게 눈을 흘기거나 손가락질을 하며 "너 왜 숫자 말했어." 우기며 "내가 먼저 말했어요!" 하며 티격태격 하는 모습을 심심찮게 볼 수 있다. 하지만 보통은 눈치 게임을 하는 것 자체의 즐거움을 누린다. "이제 마지막 판이에요. 끝입니다." 하면 아쉽다며 또 하자고 한다. "이제 눈치 게임을 할 거예요." 하면 교실이 떠나가라 함성을 지른다.

아이들은 놀이를 무척 좋아한다. 놀이를 재미있게 하기 위해서는 서로의 목소리를 주의 깊게 들어야 한다. 2학년 아이들은 듣기보다 하는 것을 좋아한다. 듣는 것이 관계의 시작이다. 첫 단추를 잘 끼워야 하듯이 듣기가 잘되면 어떤 놀이를 하더라도 자연스럽게 이어진다. 누군가 말을 많이 하면 다른 사람의 말할 기회를 뺏는 것이다.

즐거운 놀이지만 에너지는 많이 든다. 하지만 첫 시작의 어려움을 극복하기만 하면 놀이에 푹 빠져 웃음 활짝 핀 아이들의 모습을 보게 된다. 물론 나도 즐겁다. (싸우는 아이들이 나타나기 전까지는 말이다.) 학급 친구들 모두 함께해서 좋다. 눈치 게임은 준비물이 필요 없어서 좋다. 남녀노소 쉽게 할 수 있다. 흥미진진하다. 눈치 게임에서 아웃 되지 않는 것이 중요하지만 더 중요한 것은 함께 하는 것이다. 개인의 탁월한 역량을 뽐내는 것도 중요하지만 함께 어울려 성공의 경험을 갖는 것도 중요하다. 경쟁적으로 진행될 수 있는 눈치 게임에 도전의 요소를 넣어 활동하기도 한다.

"우리 반이 오늘까지 말한 숫자는 ○였어. 내일은 오늘보다 더 큰 숫자를 말할 수 있도록 노력해 보자."

"어제는 10까지 눈치 게임을 했었는데, 오늘은 13까지 갔단다. 우리가 그만큼 잘 듣고 집중했다는 거야. 우린 점점 나아지고 있어."

다음 날 도전은 계속되었다. 이번엔 15까지 성공했다. 어제보다 나아진 모습을 알려주며 서로를 살피고 잘 들으며 놀이를 하는 것의 중요성을 몸소 느꼈으면 하는 마음을 담았다. 교사의 말이 어느 순간 아이들 입에서 나올 때면 내 마음에 봄날의 따스한 바람이 부는 것 같다.

"얘들아, 우리 어제보다 잘했잖아. 괜찮아. 멋져."

익숙해지면 쉬는 시간 아이들끼리 원을 만들어 눈치 게임을 한다. "나도 끼워줘. 나도 할래." 말하며 어느덧 쉬는 시간의 눈치 게임은 우리 반 아이 절반 이상이 참여하게 된다. 아이들이 모이다 보니 눈치 게임이 이어지지 못하고 있을 때가 있다. "선생님, 도와주세요." 한마디에 아이들 곁으로 가서 살짝 도와주었다. 아이들끼리 눈치 게임을 즐겁게 하는 장면을 보았다. 염색체험 활동이 마무리되어 갈 때쯤이었다. 누가 먼저 시작했는지 알 수 없었지만, 어느 순간 아이들끼리 원을 만들어 1, 2, 3, 4, 5 외친다. 염색체험을 마치고 온 아이도 같이 하자며 모였다. 어느 순간 우리 반 모두 눈치 게임을 하였다. 난 어느새 진행자가 되었다.

"준비, 잘 들어야 해요. 시~장."

"윽 선생님. 장난하지 말아요."

"그래, 그래. 너희들 잘 듣고 있는지 보는 거야."

"다시 준비~ 시~작."

"1", "2", "3" 숫자는 계속 늘어난다. 게임도 계속 진행된다.

원이 점점 커졌다. 어울려 참여하는 모습을 놓치고 싶지 않았다.

"얘들아, 오늘 우리 반 진짜 멋있어. 눈치 게임을 이렇게 즐겁게, 그리고 잘 듣고 큰 숫자까지 말하고 있어. 그리고 오늘의 염색체험을 기념하여 사진 한번 찍어볼까?"

"네, 선생님."

아이들의 밝은 표정이 가득한 모습을 사진으로 남겨두었다. 염색하며 손바닥과 손가락이 분홍색이 되었다. 눈치 게임으로 대동단결된 우리 반 아이들의 모습이 사진에서 느껴진다.

눈치란 다른 사람의 기분 또는 어떤 주어진 상황을 때에 맞게 빨리 알아차리는 능력 혹은 그에 대한 눈빛으로 다른 사람의 기분을 빨리 파악하고 대인관계를 유지시키기 위한 수단이라고 한다. 눈치는 의사소통에 필요한 매우 중요한 요소라고 말한다. 눈치 게임을 하며 친구가 말하는 소리에 귀 기울여 듣는 것에 초점을 맞추어 놀이의 기초를 쌓아보자.

생각 나무가 자라요

대화의 기본은 잘 듣기, 즉 경청입니다. 부모님이 우리 자녀의 이야기를 잘 듣는 모습을 보여주면, 아이들은 부모님의 모습을 어느새 배웁니다. 부모님이 사용하는 언어 표현도 아이들이 배웁니다. 가정에서 듣기와 말하기의 바른 태도에 대해 함께 나눠보면 어떨까요?

- **질문 하나 생각 한 스푼** "상대방의 이야기를 잘 들으려면 어떤 태도를 가져야 할까?"

딱지치기:
꼬리에 꼬리를 무는 생각들

...

딱지가 홀딱 넘어갈 때
나는 내가 넘어가는 것 같다.

2학년 국어책에 딱지 따먹기 노래가 실려 있다. 강원식 어린이 아마 지금은 어른이 되었겠지? 딱지 따먹기 노래는 부를 때마다 잘 부른다. 여태껏 만난 아이들 모두 잘 불렀다. 유치원 때부터 들었던 노래라 그런가? 노래가 좋아서 그런가? 아이들은 쉽게 신나게 부른다. 신나는 노래만큼 딱지 따먹기 놀이도 신난다.

　노래를 들으며 나의 딱지치기 기억이 떠오른다. 어릴 적 남동생들과 박스며, 신문이며, 공책으로 만들었던 딱지. 만든 딱지를 들고 동네로 나간다. 딱지를 가지고 만난다. 가위바위보 진 사람의 딱지를 바닥에 둔다. 이긴 사람은 온몸에 들고 있는 에너지를 손끝에 모은다. 바닥에 놓여 있는 딱지를 바라보며 어떤 부분을 치면 넘어갈까를 생각한다. 힘차게 내려친다. 딱지가 살짝 일어나더니 그냥 주저앉는다. 윽… 안 넘어간다. 상대편 차례이다. 딱~ 치니까 지그시 넘어간다. 한참을 딱지치기에 집중한다.

　난 교실에서 딱지치기의 기회를 만든다. 2학년은 국어 교과서에 딱지치기가 나온다. 그때다. 신나게 노래 부르고 딱지치기 해 보자라고 한다. 그날 이후 딱지치기에 빠지는 아이들이 생겨난다. 그리고 교실에 열풍이 불어오기도 하고 스르륵 묻히기도 한다.

이 단순한 놀이는 아이들의 경쟁심리를 엄청 자극한다. 친구들보다 많은 딱지를 갖고 싶어 한다. 그리고 나의 딱지를 잃고 싶어 하지 않는다. 그래서 딱지치기 하다가 다툴 때는 잃어버린 딱지를 돌려받고 싶어 하고, 딴 딱지를 돌려주고 싶지 않아 했을 때다. 딱지치기를 하지만 게임이 끝나면 다시 돌려주기로 약속하고 하기도 한다. 약속하고 지키지 않는 경우도 물론 있다. 그럴 때 아이들은 속상함에 내게로 와서 이야기한다. 아이들에게 이야기한다. "승리하는 것도 중요하지만 규칙을 잘 지켜 공정하게 하는 것도 중요해." 아이들이 놀이를 통해 세상을 배워갔으면 한다. 그러면 아이들이 얼마나 생각하고 배려할까 싶다. 아이들의 마음 씀씀이는 제각각이지만 저장하고 싶은 순간은 많다.

딱지를 접을 때 조막만 한 손으로 꼭꼭 누르고, 입은 집중할 때 나오는 모양으로 해서 바닥에 앉아 접는다. 시간이될 때마다 접는다. 못 접는 아이들이 있으면 접어 준다. 때로는 나눠주기도 한다. 처음엔 몇 개 되지 않았던 딱지가어느새 몇십 개가 된다. 그때부터 딱지를 비닐에 담는다.

비닐봉지만 나타나는 것이 아니다. 종이 가방, 에코백 등이 나타난다. 아이 옆에는 딱지를 담은 가방이 있다.

교실에서 딱지가 유행하면 종이가 귀해진다. 노란 바구니에 이면지를 놓아두면 필요할 때마다 쓴다. 그림 그리고 싶을 때, 알림장을 안 가져왔을 때, 배움 공책이 없을 때, 받아쓰기 공책이 없을 때 유용하게 쓰인다. 딱지를 만들려면 종이가 많이 든다. 이면지를 이용해서 만든다. 집에서 신문지를 이용해 만든 딱지를 가져온다. 초코파이 상자를 이용해서 만든다. 좀 더 단단한 딱지가 맘에 드나 보다. 아이들은 박스에 눈을 돌린다. 그렇게 자기만의 강력한 딱지 만들기에 정성을 쏟는다.

딱지치기 자체의 재미도 있다. 딱지 만들기의 재미도 있다. '딱지를 어떻게 만들까? 어떤 종이로 만들까? 어떻게 하면 세게 칠까? 어디를 쳐야 할까? 어떻게 하면 제대로 넘어갈까? 어떻게 하면 상대방이 세게 쳐도 내 딱지가 잘 넘어가지 않을까? 언제 할까?'

딱지치기 하면서 무수히 많은 생각들을 하게 되었다. 단순히 딱지치기 그 자체로 그치지 않는다. 생각이 꼬리에 꼬리를 물게 한다. 놀면서 아이들은 어느새 한 뼘 두 뼘 성장한다. 친구들과 딱지치기로 대화도 많아진다. 딱지치기 한번 해 볼까? 한다면 바로 추천이다. 고민하지 말자.

생각 나무가 자라요

한국의 전통 장난감의 한 종류인 딱지는 쉽게 만들 수 있습니다. 놀이도 규칙도 무척 단순하여 누구나 즐겨 할 수 있습니다. 게다가 딱지치기는 전신운동의 효과가 있습니다. 집중력과 힘을 조절하는 능력을 키울 수도 있습니다. 다양한 재질의 종이를 이용해 오늘은 딱지를 만들어 딱지치기 한번 해 볼까요?

• **질문 하나 생각 한 스푼** "어떤 종이로 딱지를 만들면 좋을까?"

비석 치기:
몸의 감각이 깨어나게

비석 치기는 날씨 좋은 날이면 자주 하던 놀이다. 운동장 나무 그늘은 비석 치기 최적의 장소다. 비석 치기는 우리 동네 스테디셀러 놀이였다. 세울 수 있는 돌과 두 명만 있어도 가능한 놀이다. 동네 언니, 오빠들과 함께 팀을 나누어 놀기 좋았다. 보물찾기하듯 내게 딱 맞는 돌을 찾아야 한다. 납작하지만 어느 정도 두께가 있어야 한다. 그리고 세울 수 있도록 한쪽이 편평해야 한다. 2~3개의 돌을 찾아 놀이하면서 나와 잘 맞는 돌을 정한다. 겉으로 보고 판단해서는 안 된다. 발에 올려보고, 다리 사이에 끼워보고, 겨드랑이에 끼워보며 어깨에 올려도 보고 괜찮은지 살핀다. 첫인상만 보고 판단해서는 안 된다. 나랑 잘 맞는지는 경험해 봐야 한다. 사람도 마찬가지다. 첫인상으로 섣부른 판단을 해서는 안 된다. 지내면서 마음을 맞춰가야 한다.

  어릴 적에는 비석 치기에 적당한 돌을 찾는 것이 놀이의 시작이었다면, 이제는 2학년을 위해 나무 비석 치기를 사는 것이 놀이의 준비이다. 그려진 전통 문양을 자신이 좋아하는 색칠 도구를 선택해서 꾸민다. 색연필로 칠하면 은은하고, 사인펜이나 네임펜으로 칠하면 강렬하다. 사인펜이나 네임펜으로 테두리를 그리고 색연필로 색칠해도 좋다. 반대쪽에는 내가 그리고 싶은 것을 그리고 색칠한다. 캐릭터를 그리는 아이들, 꽃, 구름, 나비를 그리는 아이들, 태극 문양을 그리는 아이들의 모습을 바라보다 옆에서 거든다.
  "옆면에는 이름을 쓰고 좋아하는 문장들을 적어보도록 합시다."
  좋아하는 것들로 채운 비석은 아이들의 소중한 놀잇감이 된다. 수업하면서 아이들과는 교실에서 하거나 운동장에서 하거나 그해의 상황과 날씨에 따라 활동 장소가 달라졌다. 어디서 하더라도 아이들은 무척이나 좋아했다. 운동장에서 하면 짝을 지어 두 편으로 나누어 모두가 동시에 놀았다. 한 팀이 먼저 공격하고 나면 다음번에는 다른 팀이 공격한다. 쓰러트리지 못해도 다음 단계를 해 보는 것에 의미를 두고 놀 때도 있다. 구경하는 재미, 내가 하는 재미에 금방 푹 빠지는 2학년 아이들이었다. 2학년 아이들은 활동에 본인이 많이 참여해야 좋아한다. 사실 아이뿐만 아니라 어른들도 내가 참여해야 좋아하는 듯하다. 무릎에 끼워서 움직이는 아이들의 모습이 햇살 아래서 반짝인다.

교실에서 비석 치기 할 때는 책상을 양옆으로 밀어둔다. 가운데가 놀이마당이 된다. 교실에서 할 때에는 공간의 제약으로 모든 아이가 나와서 하지 못한다. 네 팀으로 나누어 두 팀은 구경하고 두 팀은 비석 치기 한다. 구경하는 것에 집중하는 아이들. 친구의 활동에 박수를 보내고 응원하기도 한다. 아름다운 말이 비석 치기 하는 아이들에게 날아간다.

비석과 내 몸이 친해져야 한다. 비석을 몸에 얹고 이동할 때는 집중할 수밖에 없다. 몰입하는 경험을 한다. 상대편의 비석 앞까지 도착해서는 쓰러트리기 위해 어떻게 하면 좋을까? 내 몸을 어떻게 움직여야 제대로 맞출 수 있을까? 경험하면 할수록 몸의 감각이 비석 치기에 익숙해지며 단련된다. 몸의 감각이 깨어난다. 함께 놀면서 대화하고 생각을 나누게 된다. 가족들과는 언제 비석 치기를 할 수 있을까? 언제 하면 좋을까? 가까운 놀이터나 공원에서 비석만 준비해서 놀면 어떨까? 캠핑장에서 비석 치기와 색칠 도구만 준비해서 꾸며보고 가족이 함께해보면 좋지 않을까? 엄마, 아빠는 어릴 적 추억을 되살리면서, 아이들은 몸의 감각을 깨우며 새로운 놀이에 빠져볼 기회가 될 수 있겠다.

생각 나무가 자라요

비석 치기는 비사치기라고도 말합니다. 부모님에게는 옛 추억을 회상할 수 있는 놀이, 아이들에게는 전통 놀이인 비석 치기를 함께 해 봅시다. 주변에 있는 돌을 줍거나 나무 비석을 사서 함께 꾸며보며 놀아봅시다. 눈과 손의 협응력을 기르고, 공간 지각 능력, 신체 조절 능력을 기를 수 있는 비석 치기에 빠져보아요.

● **질문 하나 생각 한 스푼** "비석 치기의 순서는 어떻게 될까?"

공기놀이:
손과 눈의 협응 다섯 알의 곡예

경상남도에서는 공기놀이를 살구 받기 또는 살구라고 부른다. 서울 올림픽이 열렸던 1988년은 나의 살구 실력 전성기였다. 오른손잡이인 나는 살구를 왼손으로 할 수 있을 정도였으니까 전성기라고 부를 수 있지 않을까?

그때 그 시절 우리 동네에서는 공기보다 약간 크거나 또는 그보다 작은 돌들을 60개에서 100개가량 주워 가운데에 모아 놓고서 가져가는 살구를 즐겼다. 놀이터 근처 나무 아래에 돌을 모아두고 보들보들한 흙바닥에 엉덩이를 붙이고 퍼져 앉아 살구로 시간 가는 줄 모르고 놀았다.

한번 주워 놓으면 꽤 오랫동안 모두의 놀잇감이 된다. 살구를 하고 싶을 때마다 놀이터 근처의 나무 아래로 가면 돌이 나와 친구들을 반긴다. 살구는 나와 1명의 누군가만 있으면 놀 수 있고, 3명이어도 좋고 4명이어도 좋다. 개인전, 팀전 놀이의 참여자들이 정하면 된다. 가운데에 놓인 돌을 모두 가져가야만 한 판이 끝난다. 모인 돌을 흩어지게 한 후 1개부터 손으로 잡을 수 있는 3~4개까지 거머쥔다. 손 안에서 돌이 빠지게 되면 상대편으로 기회가 간다. 가운데에 엄청난 개수의 돌무더기들은 시간이 지남에 따라 점점 줄어든다. 모든 돌이 사라지면 한 판이 끝난다. 가져간 돌 중에서 다시 가운데 내어 놓을 돌의 개수를 정한다. 기존이 돌이 많았다면 30~40개씩 내어놓고, 돌이 적다면 20개씩 내어놓는다. 상황에 따라 달라진다. 다시 새로운 판이 시작된다. 나는 초등학교 시절 내내 했던 살구의 달인이 되었다. (물론 내 기준으로.) 오른손잡이였던 나는 나중에는 왼손으로 살구를 하게 되었다. 처음에는 1개씩 잡는 것도 어려웠다. 하지만 연습하면 할수록 왼손으로 하는 살구도 제법 실력이 늘었다. 나랑 실력 차이가 나는 상대방과 할 때는 왼손으로 놀았다.

요즘은 실내에서 하는 공기놀이만 볼 수 있다. 자연에 있는 돌을 줍기보다 문방구나 마트에 파는 공기를 사서 공기놀이했다. 주로 5개를 가지고 놀았다. 1단, 2단, 3단, 4단이라 이름 붙이고 1개씩 잡기, 2개씩 잡기, 3개와 1개 잡기, 4개 잡기를 한다. 얹기라고 이름 붙인 단계는 손바닥에 있던 공기를 손 등에 올려 다시 손바닥으로 잡는 것이다. 잡는 방식도 여러 가지다.

코끼리 공기놀이라고 부르던 초보 단계의 공기가 있다. 양손은 마주하고 양 검지를 이용해 공기를 손바닥 안으로 넣는 것이다. 작은 공기를 손으로 넣는 것은 단순한 활동의 반복이다. 공기를 손가락으로 집어 하나씩 넣는 건 쉽게 수행했다. 공기 두 개씩 검지를 사용해 넣는 것이 쉽지 않아 도전 의식을 부른다. 성공의 경험을 맛보고 나면 이제는 세 개를 한꺼번에 집어야 한다. 몇 번의 실패 끝에 성공한 경험은 다음 단계를 도전할 힘을 만든다. 2학년의 손 조작 능력은 제각각이라 쉽게 코끼리 공기놀이를 하는 아이들도 있지만 한참이 걸리는 아이들도 있다. 속도는 제각각이어 도 한번 빠지면 헤어 나오기 힘든 놀이 중 하나다.

일반 공기놀이의 기본적인 것 외에도 공기놀이로 도전할 거리도 많다. 두 개의 공기의 거리를 조절하여 한계에 도전 하는 재미도 있다. 또는 세 개의 공기를 나란히 두고 잡는 도전을 하기도 한다. 또는 공기 두 개를 손 등에 올려놓고 위에서 하나 잡고 아래에서 하나 잡는 도전 놀이를 하기도 한다. 또 어떤 도전 놀이가 있을까? 아 생각났다. 3단일 경 우 깐깐한 규칙을 적용하기도 한다. 3개 먼저 잡고, 1개 잡 기를 정하기도 한다. 공기놀이는 노는 사람들의 아이디어 에 따라 무궁무진하게 변형할 수 있다.

나의 공기놀이 애정은 교실 학급 운영에도 이어졌다. 사 실 그때는 몰랐다. 5학년을 하면서도, 6학년을 하면서도, 4학년을 하면서도 나는 공기 대전을 해 왔음을 이제야 깨 닫는다. 공기놀이를 할 수 있도록 교실에 공기를 준비해 둔다. 아이들이 쉬는 시간에 공기놀이를 할 수 있도록 분위기를 만든다. 공기놀이를 경험해보지 않은 아이들에게 가르쳐 주기도 하고, 놀이 시간을 만들어 서로 해 보도록 한다. 놀이 규칙을 알려주며 반드시 놀이 전에 서로 규칙을 이야기하고 약속한 후에 하라는 당부도 잊지 않는다. 바닥에 앉아서 마주 보고 노는 아이들의 모습이 사뭇 진지하다. 놀면 놀수록 재미를 찾는 아이들이 생긴다. 물론 어느 놀이에서나 생기는 재미를 붙이지 못하는 아이들도 있다. "할 수 있어. 해 보면 재미있을 거야."라고 말해주기도 하지만 스트레스받는 분위기면 계속 말하기가 어렵다. 놀이가 부담스러우면 안 되니까 말이다. 공기 대전은 반 전체 아이들이 토너먼트 전으로 이어진다. 무엇보다 중요한 것은 규칙이다. 모두가 합의한 규칙을 칠판에 또박또박 적어두고 사전에 있을 다툼을 예방하려고 애쓴다. 대진표를 그리고 제비뽑기해서 상대방을 결정한다. 기대와 긴장감이 감도는 공기 대전. 교실 바닥에 마주 보고 앉은 두 아이. 부전승으로 올라간 아이들은 구경하는 재미에 빠져 있다.

"공기 대전 왜 하냐구요?"라고 누군가 물으면 나는 아래와 같이 대답할 것이다. 같은 공간에 있는 30여 명 가까이 되는 아이들이 즐겁게 생활하기를 바란다. 놀이를 통해 새로운 경험을 하길 바란다. 놀이를 통해 또 다른 세상을 알아가기를 바란다. 평소 대화하지 않았던 아이들을 만날 시간이 생긴다. 공기 놀이를 하며 서로의 공통점을 발견할 기회가 생긴다. 서로의 차이를 발견하기도 한다. 공기 대전은 끝나도 그날의 아쉬움을 해소하기 위해 도전하는 친구들이 생긴다. 그러면서 또 대화하고 놀 기회가 생기는 순환 현상이 발생한다. 토너먼트라는 형식을 경험하기도 하고. 훗날 한 학기 또는 1년을 마무리하면서 기억에 남는 활동에 대해 질문하면 아이들은 대부분 함께했던 놀이라고 말한다. 공기 대전이 상위권에 오른다. 우리 반이 함께 했던 공기 대전을 좋은 추억으로 기억된다고 말하는 아이들이 많다. 놀이로 기억되는 행복함을 선사해 주고 싶다.

생각 나무가 자라요

세계스피드공기협회(WSGGA)가 우리나라에 있습니다. 초등학교 선생님이 만든 협회로 스피드공기의 규칙을 정하고 기록을 공인합니다. 공기놀이 협회가 있다는 사실을 최근에 알게 되고 무척 놀랐습니다. 단순한 놀이에 새로운 규칙을 정해 전파하는 모습을 보며 생활 속의 놀이를 아이들과 변형하며 놀아보고 싶습니다.

• **질문 하나 생각한 스푼** "공기놀이의 규칙을 어떻게 변형해서 놀면 좋을까?"

윷놀이:
네 개의 막대가 쏘아 올린 전략과 운

    세 살배기 아이부터 노인까지 함께 할 수 있는 놀이는 무엇일까? 두 명이 할 수도 있고, 여럿이서 할 수도 있는 놀이는 무엇일까? 말판에 말을 어떻게 옮기는가에 따라 승패가 달라질 수 있는 놀이는 무엇일까? 네 개의 막대를 던지며 놀이는 무엇일까?

    작은 시골 마을에서 태어나 자랐다. 마을회관 앞에서 종종 열리는 윷놀이 구경이 무척 신기했다. 윷놀이를 하는 날이면 동네 잔칫날 같았다. 돗자리 주변에는 윷을 던지는 사람들, 그 주변으로 몰려 있는 사람들이 가득하다. 근처 평상에는 어디에서 가져왔는지는 모를 금방 부친 전과 두부김치와 먹을 것들이 놓여 있었다. 윷을 던지는 사람들은 커다란 돗자리를 마주 보고 있다. 가게에 파는 윷이 아니라 직접 만든 윷을 사용하셨다. 일반적인 윷을 사용할 때도 있지만 손가락 길이로 만든 작은 윷을 스테인리스 밥그릇에 넣어 던지던 동네 어른들의 모습이 더 기억에 남는다. "윷이요." 외치며 그릇 속 윷을 던지면 모두의 시선이 공중에 떠 있는 윷으로 향했다가 바닥으로 향한다. "도, 개, 걸, 윷, 모." 난 결과에 따라 말 옮기는 모습이 신중해 보였다. 여기저기 자신이 던진 윷인듯 말을 어떻게 옮길까 하는 대화들이 한창이었다. 끝까지 흥미진진하게 진행되는 윷놀이를 보고 있노라면 시간이 어떻게 가는지 몰랐을 그때 그 시절.

  2학년 교실에서 윷놀이를 했다. 딱딱한 나무 윷 대신에 푹신푹신 스펀지 대형 윷을 준비했다. 던지는 재미가 쏠쏠하다. 네 명이 한 팀이 되어 말랑말랑하고 아이들 몸뚱이만 한 윷을 하나씩 들고 던진다. 친구들이 던지는 모습을 보며 아이들은 웃는다. 웃음 속에서 나도 커다란 윷을 들고 던지고 싶어 하는 마음을 본다. 자신의 차례가 되면 미소가 더 환해진다. 힘차게 던진다. 아이가 그 윷에 함께 딸려 나갈 것 같기도 하다. 친구의 모습을 보며 자신은 어떻게 던질까를 생각하는지 눈동자가 움직인다. 그 모습을 보며 나는 다음은 어떻게 할까? 눈동자를 굴린다.

윷놀이하며 보이지 않는 벽을 조금씩 밀어낸다. 아이들은 말을 어떻게 놓을까 계속 생각한다. 두 개의 말을 포개어 가는 게 좋을지, 하나의 말을 전진시켜 다른 팀 말보다 멀리 나아가는 것이 좋을지 선택해야만 한다. 순간의 선택으로 윷놀이의 방향은 달라진다. 우리의 인생도 선택의 연속이다. 매 순간 어떻게 해야 할지 선택해야 한다. 그 선택이 맞을 수도 있고, 틀릴 수도 있다. 틀렸다고 해서 주저할 필요는 없다.

먼저 시작한다고 해서 꼭 이기는 놀이가 아니다. 윷과 모가 나와 앞서서 간다고 해서 반드시 내가 이기는 건 아니다. 이제 우리 팀이 우승할 것이라고 안심해서도 안 된다. 우리 편이 말이 더 많이 남았다고 해서 의기소침할 필요도 없다. 말을 포개어 가서 백도가 나오기도, 앞서서 가고 있던 상대편의 말을 잡아서 다시 시작하도록 할 수도 있다. 마지막 말이 도착할 때까지 윷놀이의 승자가 누가 될 것인지는 알 수 없다. 인생도 그렇다. 내가 무언가를 다 이루고 성공했다고 해서 끝까지 성공의 길을 가는 것도 아니요. 내가 지금 힘들고 어렵다고 해도 내 인생이 끝까지 힘들고 어려운 것도 아니다.

윷놀이를 재미있게 하려면 참여자들의 관계가 좋아야 한다. 둘, 셋, 때론 넷이서 아니 그보다 많은 사람이 함께한다. 같은 팀끼리는 말판에 어떻게 말을 놓아야 할지 대화하며 의견을 모아야 하고, 다른 팀과 즐겁게 윷놀이하도록 대화해야 한다. 우리의 삶에서도 마찬가지다. 다른 사람과 대화를 평화롭게 해야 의사소통이 잘되니까.

운과 실력이 모두 필요한 윷놀이는 윷을 던지는 운이 중요하지만, 윷을 어떻게 활용할지 전략을 세우는 실력도 필요하다. 인생도 마찬가지 아닐까? 어떤 상황에 부닥쳤을 때 어떻게 대처할지 운이 중요하지만, 그 상황에 맞는 실력을 갖추고 있어야 헤쳐 나갈 수 있다.

윷놀이는 도전과 성취가 있다. 윷놀이는 윷을 던져서 네 귀퉁이를 돌아오는 것이 목표다. 이 과정에서는 다양한 난관을 만나게 되지만, 그 난관을 극복하고 목표를 달성하는 성취감을 느끼기도 한다. 목표를 달성하기 위해 다양한 도전을 하게 되지만, 그 도전을 통해 성장하고 자신감을 느낄 수 있다.

생각 나무가 자라요

가족끼리, 친척끼리, 또는 아이들끼리 네 개의 윷으로 함께 놀아보아요. 던지는 재미, 말을 옮기는 재미, 어떤 전개가 나올지 모르는 기대감까지 가진 윷놀이의 세계로 함께 빠져보시기를 추천합니다. 아이들과 윷놀이하면서 규칙을 이해했는지 질문하고, 스스로 말을 옮길 기회를 주며 전략에 대해 생각하는 시간을 가질 수 있도록 만들어 주세요.

- **질문 하나 생각 한 스푼** "윷놀이의 규칙은 무엇일까?"

빙고:
채우고 지우며 희열을 맛보다

"빙고"라고 외치는 순간. 기쁨의 목소리는 실로 어마어마하다.

학기 초 친구 이름 알기 빙고. 단순히 이름을 적는 것이 아니다. 친구를 만나 이름을 써달라고 하거나 친구의 이름이 무엇인지 묻고 이름을 적기도 한다. 표를 줄 공책에 만들라고 할까? 종합장에 만들라고 할까? 빙고 학습지를 만들어 복사해서 나눠줄까? 빙고를 위해 아이들의 학년과 수준을 생각해서 구상한다. 학기 초 친구 이름 알기 빙고는 줄 공책에 표를 만들라고 해서 활동했다. 놀이를 준비하는 과정이 손의 협응력을 높여주는 기회가 된다. 줄 공책에 표를 만드는 건 공간 감각을 키우기 위함도 있다. 가로 선과 세로 선을 그려야 한다. 몇 줄 빙고를 할 것인가에 따라 3×3, 4×4, 5×5의 형태로 그린다. 처음 빙고를 할 때는 학습지를 만들어 나눠준다. 어느 정도 익숙해지면 공책에 그려보도록 한다. 삐뚤빼뚤 선들의 향연. 자를 이용해 그리도록 하지만 귀찮은 아이들은 그냥 그린다. 4×4 빙고라고 말했지만 4×6칸으로 그리거나 5×5로 그리는 아이들도 있다. 교실을 돌아다니며 아이들이 그린 표를 살펴본다. 처음부터 잘 그리는 아이들도 있다. 하지만 처음엔 잘 그리지 못해도 몇 번 그리다 보면 감각적으로 알게 된다. 시간을 투자하면 된다. '된다. 된다.'라고 생각하면 된다. 이름 빙고에 동물 빙고, 식물 빙고, 내가 좋아하는 음식 알아보기까지 빙고로 할 수 있는 건 무궁무진하다. 수업과 관련된 주제를 활용하면 빙고로 할 수 있는 건 다양하다. 2학년은 통합교과에서 새로운 단원 시작할 때 교과서 단어 초성 완성 후 빙고로 마무리한다. 아이들이 낯선 단어들이 친숙해지도록 했다.

빙고가 시작되면 서로 먼저 말하겠다고 한다. 여러 명이 손을 든다. 그중에서 한 명을 고르는 건 무척 어렵다. 막대에 적힌 이름 뽑기로 발표자를 정한다. 자신의 이름이 언제 나오는지 무척 궁금해하며 듣는다. 첫 번째 막대에 적힌 이름을 부르면 환호성과 아쉬움의 소리가 들린다. 우리 동네라고 말한다. 아이들의 얼굴만큼 속도도 제각각이다. 듣고는 잊는 아이, 잘 듣지 않는 아이 그 모든 아이를 위해 TV에서 볼 수 있게 적어둔다. 다른 막대를 뽑는다. 자기 이름이 불린 아이는 기뻐하며 단어를 이야기한다. 심사숙고한다. 어떤 단어를 말할까 고민한다. 미리 준비하고 있다가 자기 차례가 되면 바로 말하는 아이가 있기도 하고, 자신의 이름이 불렸는지 듣지 않고 있다가 짝이 알려줘서 그제야 어떤 단어를 말할까 생각하는 아이도 있다. 아무튼 자신의 이름이 불리면 좋아한다. 친구가 단어를 말하면 친구가 말한 단어를 잘 들으려고 하는 아이. 몸을 돌려서 친구를 바라보며 들을 준비를 하는 아이, 자신의 빙고 판을 보며 친구가 어떤 단어를 말할지 귀를 쫑긋 세우는 아이, 짝이랑 자신의 단어가 몇 개 나왔다며 서로 자랑하는 아이들까지.

통에 담겨 있던 막대 중 절반 이상이 밖으로 나오게 되면 빙고를 외치는 아이들의 수도 늘어난다. 4×4 빙고면 4줄을 완성되어야 하는 걸 알면서도 1줄 빙고에 기뻐 빙고를 크게 외치는 아이도 있다. 우리에게 잠깐의 웃음을 준다. 때로는 짝이 너 한 줄 빙고 한 거냐고 말하면 속상해서 울상을 짓기도 한다. 얼른 마음을 추스르고 함께 빙고를 즐기거나 마음을 추스르는 시간이 오래 걸리기도 한다. 시간이 흐르면 점점 더 가열된다. 화면에 적힌 단어의 개수가 많아질수록, 그래서 빙고를 외친 아이들의 수가 많아질수록 말이다. 빙고를 외쳐도 끝까지 자신이 쓴 단어를 없애는 기쁨을 누리는 아이들도 많다. 쓰고 지우고 반복하면서 단어에 익숙해질 거라 믿는다. 즐거움이 뇌를 자극할 테니까 말이다.

띠 빙고는 또 다른 재미를 선사한다. 주어진 낱말이 10장이면 가위로 10장을 잘라 옆으로 길게 놓는다. 일반 빙고는 나오는 단어를 표시하는 것이지만, 띠 빙고는 불린 단어가 양 끝에 있는 경우에만 뺄 수 있다. 한 단어가 여러 번 불리게 된다.

아이들만 빙고를 하는 것은 아니다. 전 세계적으로 즐기는 놀이다. 영화에서 드라마에서도 등장한다. 빙고는 18세기 이탈리아에서 유래한 놀이라고 한다. 또는 숫자를 뽑아서 그 숫자가 적힌 카드에 표시하는 게임이다. 빙고는 로또와 비슷하지만, 숫자가 적힌 카드가 5×5의 네모 모양이고, 숫자가 25개로 제한되어 있다. 빙고는 19세기 미국으로 건너가서 큰 인기를 얻었다. 빙고는 오늘날에도 전 세계적으로 많은 사람이 즐기는 놀이이다.

빙고!

빙고를 하다 보면 고함을 지르게 되는 즐거움을 맛본다.

생각 나무가 자라요

교실에서는 빙고 놀이를 자주, 다양한 교과에서 활용합니다. 숫자 빙고, 주제를 정해 단어 빙고를 할 수도 있습니다. 함께 읽은 책제목, 가족이 다녀온 추억의 장소를 이용해 빙고를 할 수 있구요. 3×3, 4×4, 5×5 등 칸 수를 조절해서 빙고를 할 수도 있습니다.

• **질문 하나 생각 한 스푼** "어떤 주제로 빙고를 해 볼까?"

달리기:
아이들의 질주 본능

"걸어 다니세요."

아마도 내가 가장 많이 하는 말 중에 하나다. 쉬는 시간
에는 "걸어서 화장실 다녀오세요.", 아침과 점심시간에는
"걸어서 도서관 다녀오세요.", 하굣길에는 "걸어서 천천히
계단 내려가세요." 아이들에겐 질주 본능이 가득하기에 안
전을 위해 "걸어 다니세요."를 시시때때로 말했다.

어릴 적 나를 생각해 봐도 질주 본능 그 자체였다. 지금
은 달리고 싶지만 몇 미터 가지 못하고 멈춘다. 아침에 등

교할 때 동생이랑 뛰어가기, 학교 마치면 친구랑 누가 빨리 뛰어가나 내기하기부터 시작하여 쉬는 시간이면 잠깐의 놀이를 즐기기 위해 운동장으로 내달린다. 가을이면 하는 운동회에서 가장 긴장되고 재미있었던 종목은 달리기다. 내가 속한 조는 빠른 아이들이 많아 초긴장 상태에서 집중해서 달렸다. 2등, 3등, 4등 늘 초접전이다. 시골 한 학급만 있는 초등학교를 다녔기에 6년 내내 거의 같은 친구들과 달리기를 해서 우리는 서로의 실력을 파악하고 있다. 몇 학년 때인지 기억은 나지 않지만 계주 선수로 뽑혀 달렸을 때의 뿌듯함은 아직도 내 기억 저편에 남아 있다. 그런 나였기에 아이들의 질주 본능의 장을 마련해 주려고 한다.

아이들은 수업 시간 또는 중간놀이 시간에 달린다. 저학년은 저학년대로, 고학년은 고학년대로 달리기에 진심인 아이들이 많다. 그러기에 흥미진진하다. 조별 달리기도 재미있지만 난 남자 또는 여자 전체가 한 줄로 길게 옆으로 서서 운동장 끝에서 끝으로 달리기를 계획할 때가 종종 있다. 이때에는 사전 설명이 무척 중요하다. 출발선 안내, 일직선으로 달리기 강조, 결승선 안내, 끝난 후 앉을 자리 정해 주기까지 되어야 시작할 수 있다. 특히 일직선으로 달려야 함을 말하지 않으면 달리기하다 부딪히거나 자신의 진로를 방해했다고 다툼이 생길 때가 있다. 사전 예방이 무척 중요하다. 가치 없는 경험은 없다. 여러 번의 경험을 통해 '사전 예방을 위한 장치를 어떻게 마련할까?' 하는 것이 나의 뇌 구조의 큰 부분을 차지한다. 익숙해지면 조를 나누어 달리도록 한다.

2학년 아이들과 햇살 좋은 날 운동장으로 나갔다. 달리기를 위해 출발선에 선 아이들의 눈에서는 레이저가 나온다. 주먹을 꽉 쥐고 발끝에서도 힘이 느껴진다. 약간 숙인 몸, 귀는 선생님의 목소리와 호루라기에 열려 있다.

"준비~ 삐~"

첫 번째 호루라기에 바로 출발하면 좋다. 하지만 때로는 빨리 달리고 싶어 하는 아이의 발이 먼저 나와 다시 출발할 때도 있다. 다시 긴장 상태이다.

"준비~ 삐~"

아이들이 달린다. 뛰는 모습도 제각각이다. 팔의 모습부터 살펴보자. 한쪽 팔을 뱅뱅 돌리면서 뛰는 아이, 팔을 허리에 붙이고 뛰는 아이도 있다. 발의 보폭을 보면 성큼성큼 뛰는 아이도 있고 보폭이 좁게 앙증맞게 뛰는 아이도 있다. 고개를 숙이고 엄청난 속도로 전진하는 아이, 턱을 하늘로 향해 들고 뛰는 아이, 얼굴은 정면 허리는 반듯하게 세우고 무릎을 세우며 육상선수처럼 뛰는 아이. 아이들의 얼굴 모습만큼 각양각색의 뛰는 모습이 화려하다. 결승선에 도착했을 때의 환호성, 아쉬움, 한숨이 섞인 소리와 함께 털썩 주저앉거나 친구들과 껴안거나 혼자서 계속 달리는 아이의 모습이 남아 있다. 달리기가 끝나고 나면 아이들의 얼굴에는 행복의 미소가 가득하다. 그런 아이들의 얼굴을 보고 있으면 나도 행복하다. 달리기를 하는 날은 날씨 좋은 날이다. 이런 날에는 아이들과 함께 하늘을 올려다본다. 내가 구름을 좋아하는 것처럼 아이들도 파란 하늘과 구름을 보는 여유의 시선을 가지고 아름다움을 느꼈으면 하는 마음으로 말이다.

달리기가 끝나 교실로 다시 들어갈 때는 질주 본능을 달래야 한다. 안전은 늘 사전 예방이 중요하니까.

오늘도 아이들은 환호의 질주를 계속한다. 복도는 아이들에게는 달리기 좋은 곳이다. 교사인 나는 안전을 위해 오늘도 아이들에게 말한다.

"걸어 다니세요."

"나가서 뛰어요."

사실 선생님은 너희들의 질주 본능을 응원해.

달리기를 계속 연습하면 잘 달릴 수 있다고, 달리기 할 때에도 자세가 있다고, 달리고 나서 하늘을 쳐다보라고 말해주고 싶다. 달릴 수 있는 힘이 있다면 다른 것도 잘할 수 있다. 운동장에서, 공원에서 너희들이 마음껏 뛰기를 바란다. 아이들아.

햇빛을 받으며 뛰면 겨울에도 건강하단다.

선생님이 달리기를 말할 때 하고 싶은 이야기. 끝.

생각 나무가 자라요

달리기를 좋아하는 아이들이 정말 많습니다. 공원이나 놀이터에서 아이들과 달리기로 시간을 보내보면 어떨까요? 요즘은 어른들도 달리기에 진심입니다. 가족이 함께 달리며 건강 유지, 행복 가득한 시간을 즐겨보아요.

● **질문 하나 생각 한 스푼** "우리 함께 달리기할까?"

수건돌리기, 보물찾기:
내겐 추억의 소풍 놀이, 아이들에겐 교실 놀이

　겨울의 차가운 바람이 따스하게 바뀌면 봄 소풍을, 여름의 더운 바람이 시원하게 바뀌면 가을 소풍을 갔다. 그때는 걸어서 소풍 가는 것이 자연스러웠다. 줄을 맞추어 걸어가며 친구들과 대화를 나눈다. 엄마가 싸 주신 김밥과 좋아하는 과자, 음료수를 넣은 두툼한 가방을 메고서 걷는다. 40분 정도 걷다 보면 나지막한 산에 다다른다. 곳곳의 자신들의 아지트를 찾아 가방을 열어 목을 축이고 달콤한 과자로 맛있는 시간을 만든다. 휴식 후에는 반별로 모인다. 선생님의 호루라기 소리가 나는 곳으로 향한다.

소풍에서 빠질 수 없는 대표적인 놀이는 수건돌리기와 보물찾기이다. 내 기억 속 소풍의 첫 번째 놀이는 수건돌리기였다. 보물찾기는 소풍의 마지막 놀이였다. 수건돌리기를 하기 위해 아이들이 빙 둘러앉는다. 노래를 부른다. '즐겁게 춤을 추다가 그대로 멈춰라'로 아이들의 마음의 빗장을 풀어주신다. 갑자기 수건돌리기를 하기보다 분위기 만드는 시간을 먼저 가진다. 노래를 부르다 멈춰 선생님이 0명이라고 외치고 아이들은 친구들과 팀을 만들었다 풀었다 한다. 2명, 3명, 4명, 5명, 6명 등 선생님이 말씀하시는 인원대로 팀을 만들며 몸을 움직인다. 다음으로 이어지는 놀이는 수건돌리기다. 수건돌리기는 소풍에서 빠질 수 없는 놀이다. 초등학교 다닐 때 내내 해도 질리지 않는다. 손수건을 손에 쥐고 손을 허리 뒤로 돌려서 친구들이 보지 못하도록 하여 원을 빙빙 돈다. 노래를 들으며 발걸음을 총총 옮기며 아이들의 눈빛을 피해 손수건을 놓아야 한다. 술래는 감쪽같이 놓기를 원하고, 앉아 있는 아이들은 혹시 내게 손수건이 있을까 부지런히 손을 움직인다. 손을 이리저리 돌려서 말이다. 헉 손에 뭔가 만져진다. 고개 돌려보니 손수건이 놓여 있다. 잽싸게 손수건을 잡고 힘껏 달린다. 손수건을 놓은 위치에 얼른 가서 앉아야 한다. 숨 막히는 순간이다. 아이들이 뛰는 아이를 바라본다. 순간 술래잡기가 된다. 잡힐까? 얼른 자리에 앉을까? 긴장의 순간을 바라보는 아이들.

소풍의 마지막 놀이는 보물찾기였다. 우리가 김밥을 먹는 사이 선생님들은 쪽지를 여기저기 숨겨 놓으신다. 오후의 활동이 끝날 무렵 보물찾기가 시작된다. 작은 학교의 아이들 전체가 함께 하는 보물찾기는 모두의 관심사가 된다. 앉아서 점심을 먹었던 주변부터, 나뭇가지 위, 나무 아래, 풀숲 등 구석구석 찾는다. 보물찾기 종이를 찾은 아이들은 점프와 환호성으로 가득하다.

소풍이라는 명칭은 저 멀리 역사 속으로 사라지고 이제는 현장 체험학습이라 부른다. 대형버스에 몸을 싣고 체험 장소로 떠나 보고 생각하고, 먹고, 즐긴다. 수건돌리기, 보물찾기는 하기 힘들어졌다. 수건돌리기와 보물찾기는 교실에서 아이들과 함께해서 즐기는 놀이가 되었다. 햇살 아래 자연이 아닌 교실 바닥에 동그랗게 둘러앉아서 하는 수건돌리기도 흥겹다. 나의 어릴 적 수건돌리기 장면이 겹쳐진다. 긴장과 설레는 눈빛이 그 옛날 우리들의 수건돌리기 모습과 닮았다. 시간이 지나도 아이들에게 재미있는 수건돌리기다.

나무와 풀숲에 숨겨 놓았던 보물이 적힌 종이는 이제는 교실 곳곳에 숨기게 되었다. 어릴 적 나는 보물을 찾는 어린이였고, 지금의 나는 보물을 숨기는 선생님이다. '어디에 숨기면 아이들이 찾기 어려울까? 너무 어려운 데 꼭꼭 숨기면 혹여 못 찾을까?' 고민하며, 사물함 위에 쪽지를 슬쩍 올려놓기도 하고, 아이들 사물함 안에 넣어두기도 한다.

교실 속에서 아이들은 보물찾기에 열중하고 있다. 각자 눈을 반짝이며 사물함 위를 살피고, 책꽂이 사이를 뒤지며 숨겨진 보물을 찾기 위해 분주하게 움직인다. 누군가는 의자 밑을 들춰보고, 다른 누군가는 창문 틈새를 샅샅이 살펴본다. 어떤 아이는 사물함 안에 손을 집어넣어 쪽지를 찾고, 또 다른 아이는 책꽂이 위를 조심스럽게 손으로 더듬어 본다.

　교실의 네모난 공간은 마치 새로운 모험의 현장처럼 느껴진다. 아이들은 숨겨진 쪽지를 발견할 때마다 환호성을 지르며 기쁨을 나눈다. 한 아이는 칠판 뒤에서 쪽지를 찾아내어 뛸 듯이 기뻐하고, 또 다른 아이는 창문 틈에 숨겨진 보물을 발견하고는 친구들과 자랑스럽게 웃는다. 그들은 보물을 찾기 위해 끊임없이 교실 구석구석을 누비며 보물찾기의 즐거움에 빠져 있다. 아이들의 모습이 보니 나 어릴 적 소풍에서 기대하며 즐겼던 그 시절의 흥분과 기쁨이 고스란히 담겨 있다. 지금은 선생님이 된 나는, 이 아이들이 보물을 찾으며 느끼는 설렘과 즐거움을 지켜보며 그때의 추억을 떠올린다. 교실은 어느새 아이들의 웃음소리와 함께 보물찾기의 즐거움으로 가득 차 있다.

　보물찾기라는 단순한 놀이 속에 담긴 즐거움과 추억이 2학년 아이들 마음에 오래 남기를 소망한다. 그들이 어른이 되었을 때 오늘의 이 순간을 떠올리며 미소 짓기를 바란다.

생각 나무가 자라요

수건돌리기와 보물찾기를 하며 함께하는 사람들과 공유할 수 있는 소중한 순간들이 담겨 있습니다. 함께 웃고, 즐기는 놀이시간이 서로의 관계를 단단하게 만들어 줄 기회가 되기도 합니다.

• **질문 하나 생각 한 스푼** "놀이하며 어떤 감정을 느꼈니?"

제기차기:
던지고 차고 반짝이는 날로 만드는 마법

　2학년 수학 길이 재기 단원의 놀이 수학 시간 아이들과 제기를 챙겨 운동장으로 나갔다. 전날에는 배드민턴 콕과 종이컵을 이용해 실내 놀이 체육실에서 길이 재기를 했다. 오늘은 제기 멀리 던지기와 제기차기를 한다. 밖으로 나오니 신나는 아이들. 햇살 느끼며 걸으니 웃음이 절로 나온다. 바람의 스침도 기분 좋다. 체육관 뒤 넓은 공간. 우리 반 놀이터로 안성맞춤인 장소이다.

　"준비~ 삐~"

팔을 하늘 높이 번쩍 들고 손에 들고 있던 제기를 힘껏 던진다. 아이들의 관심사는 나의 제기가 얼마나 멀리 가는 가이다. 자신의 실력을 뽐내고 싶어 한다.

제기 멀리 던지기가 끝나고 제기차기를 했다. 몇몇 아이들은 제기차기를 유치원에서 해 봤다고 한다. 간단히 설명한 후 제기차기에 집중한다. 신발에 맞는 순간의 느낌이 어떤지, 어떻게 하면 잘 맞는지 그리고 주변 친구에게 피해 주지 않고 안전하게 하기를 강조한 나. 한 발로 차기, 양발 번갈아 차기, 옆으로 차기 등도 해 보라고 했다.

"너무 어려워요. 잘 안 돼요."
"처음 하는 친구들도 있고, 오랜만에 하니 잘 안 될 수 있어요. 시간을 투자하면 잘될 거예요."

교실에서보다 운동장에서의 시간은 빠르게 가는 듯하다.

"제기 모을게요. 통에 넣어주세요."
"네~"

"조금만 더 하고 가요."

"선생님도 그러고 싶지만, 가야 한단다. 다음에 또 날씨 좋으면 나오자꾸나."

아이들 손에 있던 제기는 통으로 들어갔지만, 제기에서 떨어진 반짝이들이 여기저기 보인다.

"2학년."

"3반."

"오늘 놀이 즐거웠나요?"

"네."

"선생님도 무척 즐거웠단다. 길이 재기와 제기차기 했었지요. 아직 마무리 짓지 못한 것이 있어요. 뒤를 돌아보세요. 반짝이들이 많이 떨어져 있네요."

"10개씩만 주워 오세요."

아이들이 반짝이를 주우러 간다. 나도 같이 줍는다.

"선생님, 저 10개 주웠어요."

"저는 더 많이 주웠어요."

한 친구가 반짝이를 손에 들고서 달려온다.

"선생님, 저 반짝이 부자 되었어요."

"와~ 반짝이 부자다. 너희들 덕분에 반짝반짝 세상이 되었어. 멋져. 훌륭해."

한 아이의 사랑스러운 말 덕분에 나에게서 사랑스러운 문장이 톡 하고 튀어나왔다. 덕분에 우리 반 아이들의 얼굴에도 반짝반짝 미소가 가득하다. 유난히 햇살 좋은 10월의 어느 멋진 날. 바람의 스침이 더해져 더욱 반짝이는 날이다.

시골 작은 동네에서 만물 상회를 운영하셨던 부모님은 농사일도 하셨기에 초등학생이었던 나는 자주 꼬마 사장이 되었다. 시골이라 가게 손님이 계속 있는 것이 아닌지라 나는 혼자서 보내는 시간이 많았다. TV를 보다가 책을 읽기도 했다. 유독 반짝이는 기억 중 하나는 가게 앞에서 제기차기 연습을 했던 장면이다. 제기는 그때나 지금이나 반짝였다. 혼자서 제기를 몇 개까지 차나 연습했었다. 연습하다 손님이 오면 가게로 들어가 꼬마 사장이 되어 물건값을 계산하고 거스름돈을 내어 준다.

"안녕히 가세요."

손님이 가게 문을 나서면, 나도 가게 문밖으로 달려 나간다. 다시 제기를 들고 발을 올린다. 제기는 금방 바닥에 떨어지기를 여러 번. 어느 순간 내 발에서 위아래로 아름답게 올라갔다 내려오는 제기를 만난다. 땅에 닿았다가 공기 중으로 올라가는 다리의 박자에 맞추어 제기도 같이 리듬을 탄다. 그렇게 한참을 혼자서 놀다 보니 어느덧 나는 80개 이상이라는 최고 기록을 세우기도 했다. 한 발로 차기에 자신감을 얻었던 나는 양발로 차기, 옆으로 차기에도 재미를 붙여서 한 발로 차기 했다가 두 발로 차기도 즐거운 수준까지 올라갔다. 자신만만했던 그때 그 시절도 추억이긴 하지만 말이다.

성인이 되어서 친목를 위한 자리에서 제기차기를 하곤 했다. 어릴 적 제기 실력으로 당당했지만 막상 해 보면 5개도 하지 못하는 나였다. 하지만 몇 개를 했는지가 중요한 것은 아니었다. 함께 제기를 하며 웃고 떠들고 시간을 보내는 그 순간이 행복한 장면으로 남아 있다. 제기의 반짝이처럼.

생각 나무가 자라요

단순한 제기차기지만 그 효과는 무척 놀랍습니다. 올라가고 내려가는 제기를 보며 눈과 발의 협응성을 발달시키고, 오래 차야 하므로 지구력을 기를 수 있습니다. 유연성과 순발력을 길러 주기도 합니다. 제기를 사서 함께 나가보아요. 일단 시작해 봅시다.

● **질문하나 생각한 스푼** "제기차기를 하면 어떤 점이 좋을까?"

첫째가 2학년, 둘째가 유치원이었을 때쯤, 탑블레이드가 유행했다. 우리나라 기업과 일본 기업이 손을 잡고 만든 애니메이션과 탑블레이드 장난감은 완전 인기였다. 탑블레이드는 현대판 팽이라고 볼 수 있다. 두 아들뿐만 아니라 주변의 아이들은 만나기만 하면 바닥에 앉아 탑블레이드에 빠져 수없이 돌리고 돌리며 놀았다. 엄마인 나는 밖에서 보낸 시간이 충분하다고 생각했지만 두 아들은 아쉬웠는지 집에서도 만지며 놀았던 탑블레이드 팽이. 때로는 내가 팽이가 돌아가는 모습에 넋 놓고 있을 때도 있었다. 신나게 가지고 놀던 팽이는 언젠가부터 장난감 상자에서 나오는 횟수가 줄어들더니 관심 밖으로 밀려났다.

2학년 담임을 하는 3년 동안 4월마다 팽이 놀이를 했다. 4월 21일 과학의 날을 기념하며 4월이면 과학 관련 활동을 계획한다. 초등학교 시절인 1985년부터 2000년대까지 글라이더 날리기 대회, 과학 상상 그림 그리기 대회, 과학 상상 글짓기 대회, 물로켓 대회를 개최하여 학교마다 대표를 뽑는 대회 중심으로 보냈다면, 십 년도 훨씬 더 전부터(정확한 시기는 기억나지 않지만) 과학에 대한 호기심과 흥미를 자극하는 활동으로 계획하여 활동했다. 팽이의 원리를 이해하고 내가 원하는 색으로 꾸미기가 끝나면 본격적인 팽이 놀이의 시간이다.

직접 나무를 깎아 만든 팽이는 아니다. 나무를 재료로 한 쪽에는 전통 문양이 그려져 있고 다른 쪽에는 무늬가 없다. 내가 원하는 색칠 도구를 선택한다. 색연필은 은은하고, 싸인펜은 선명하고, 네임펜은 좀더 강렬하다. 그려진 무늬를 따라 아이들이 좋아하는 색으로 채워지는 원은 시간이 지날수록 화려해진다. 무늬가 없는 쪽은 아이들이 좋아하는 캐릭터나 모양, 좋은 글귀로 채워진다. 자신만의 색감으로 오롯이 집중하여 색칠하는 아이들의 모습을 바라본다. 어떤 마음으로 집중했을까?

팽이가 돌아갈 때 색이 섞이면서 표현되는 모습에 아이들은 환호성을 지른다. 한참을 앉아서 보는 아이들. 아이들의 감탄과 돌아가는 팽이에 집중하는 모습이 나를 설레게 한다. 완성된 팽이를 각자 돌려본다. 어떻게 하면 잘 돌아가는지 스스로 찾아보라고 한다. 지금부터 본격적으로 노는 시간이다.

삼삼오오 원을 만든다. 첫 번째는 오래 돌리기 놀이다. 둘러앉아 누가 오래 오래 돌리나에 초집중이다. 내 팽이가 멈추면 한숨을 쉬거나, "아이 멈췄네."라고 말하거나 몸으로 아쉬움을 표현한다. 그것도 잠깐 다시 새로운 시작을 알린다. 누군가가 "시작"이라고 외치면 다시 팽이가 돌아간다. 여기저기서 시작이라는 단어가 들린다. 손끝에 힘을 주고 손목을 돌리며 공중에서 팽이를 바닥으로 내린다. 팽이는 계속 뱅글뱅글 돌아간다. 화려한 색깔들이 마치 꽃밭 같다. 바람개비가 돌아가는 것 같다.

두 번째 팽이 놀이는 부딪치기 놀이다. 팽이를 가까이 놓아 서로 부딪치게 해서 누구의 팽이가 더 오래 살아남는가를 겨룬다. 두 명 이상이면 놀이가 가능하다. 여럿이 하면 더 재미있다. 다섯 명의 아이들이 동시에 팽이를 돌려 부딪치는 광경이 흥미진진하다. 아이들의 승부욕을 자극한다. 팽이놀이를 하면서 욕심을 부리는 아이들이 생긴다. 팀을 나누어 일대일 겨루기를 하기도 한다. 그럼 더 승패에 집착하게 되기도 한다. 물론 지는 것을 견디지 못하는 아이가 있기도 하다. 졌기 때문에 놀이를 하지 않으려고 하거나, 자기가 진 이유를 친구에게서 찾기도 한다. 분함을 눈물로 표현하기도 하는 경우도 있다. 놀이를 하면 할수록 지더라도 받아들일 수 있는 담담한 마음이 생기는 경우가 많다. 몇 번의 놀이로 마음이 단단해지지는 않는다. 시간이 걸리지만, 놀이를 통해 좌절을 맛보기도 하지만 견뎌낼 힘을 갖게 된다. 4월 팽이 놀이를 함께 하며 우리 반은 즐거움을 함께 해서였을까? 분위기가 좋아짐을 느낄 수 있다. 팽이를 하는 동안 느꼈던 감정들을 기억하며 봄날을 보낸다. '놀이를 통해 친구들과 편안한 관계를 맺고, 우리 반이라는 공동체 의식을 갖게 된 것이 아닐까?'라는 생각이 든다.

나무 팽이도 있지만, 요즘은 디폼블록이나 연결 큐브를 이용해서 팽이를 만들어 놀기도 한다. 수학 시간에 사용하는 연결 큐브를 교실 뒤쪽 커다란 상자에 한가득 담아 두었더니 자신만의 창의적인 팽이를 만들어 쉬는 시간마다 노는 아이들이다. 내 팽이가 오래오래 돌아가기를 바라는 욕심을 한가득 품고 아이들은 오늘도 팽이를 돌린다.

생각 나무가 자라요

요즘은 다양한 종류의 팽이가 무척 많습니다. 마트에서 파는 수많은 장난감 팽이부터, 종이접기로 만들 수 있는 팽이, 반제품으로 꾸미기 할 수 있는 팽이도 있습니다. 아이들의 수준과 흥미에 따라 팽이를 선택해 함께 놀아보아요. 종이로 팽이 접기에 한번 도전해 볼까요?

● **질문하나생각한스푼** "팽이가 뱅글뱅글 돌아갈 때 어떤 생각을 했니?"

과일바구니, 당신의 이웃을 사랑하십니까?: 자리 바꾸며 친구들 알아가기

과일바구니라고 부르는 놀이지만 동물바구니, 비빔밥, 꽃바구니, 아이스크림 바구니, 과자바구니, 생선바구니로 바꾸어 부를 수 있는 놀이이다. 도대체 어떤 놀이냐고? 의자만 있으면 가능하다. 학생 수보다 하나 적게 의자를 원 모양으로 가져다 놓는다. 대부분 아이는 친한 친구 옆에 의자를 둔다. 친한 친구랑 같이 앉고 싶은 마음이 놀이를 참여할 때 그대로 드러난다. 놀이를 하면서 자리는 자연스럽게 바뀌기에 애써 '옆에 앉지 말아요. 친한 친구랑 붙어 앉지 말아요.' 등의 말을 하지 않는다. 가끔 의자를 가져다 놓으며 다투는 아이들이 생기기도 한다. 그럴 때는 어차피 자리가 바뀌니 앉으라고 한다든지, 가위바위보로 해서 빠르게 해결한다. 우리는 놀이를 즐길 시간을 확보해야 하니까.

과일바구니 놀이의 처음 시작은 학급의 전체 아이들이 자기 의자를 가져와 원을 만들어 앉는다. 만약 24명이라면 6가지 정도의 과일을 정한다. 어떤 과일을 좋아하냐고 묻는다. 아이들이 좋아하는 과일이 배, 사과, 살구. 수박, 포도, 자두라고 대답한다. 말한 순서대로 배, 사과, 살구, 수박, 포도, 자두가 자신의 과일이라고 알려준다. 그리고 교사인 내가 술래를 한다. 한 친구 앞에 가서 묻는다.

"안녕하세요, 어떤 과일을 좋아하나요?"

"배를 좋아합니다."

주어진 이름이 '배'인 아이들만 자리를 바꾼다. 술래였던 내가 의자에 앉으면, 아이들 중 한 명은 자리에 앉을 수 없게 된다. 그 아이가 술래가 된다고 알려준다. 본격적으로 놀이를 시작한다.

"안녕하세요, 어떤 과일을 좋아하나요?"

이번에는 "사과"라고 대답한다. 사과라고 명명된 아이들이 일어나 다른 사과 자리로 이동한다. 이번에는 아이들의 자리 중 하나에 가서 앉는다. 술래가 된다. 과일 바구니 놀이는 점점 달아오른다. 익숙해지면 놀이를 변형한다. 좋아하는 과일을 두 가지 대답한다. 그럼 8명이 자리를 바꾸게 되는 것이다. 그리고 전체가 자리를 바꿀 수도 있다. "저는 모든 과일을 다 좋아해요."라고 대답하면 앉아 있는 전체 아이들이 일어나 자리를 바꾼다. 처음 앉았던 자리에서 완전히 바뀐다. 아이들이 질문에 대답하면서 자신의 목소리를 듣게 되는 경험을 하게 된다. 반 아이들이 들을 수 있도록 목소리에 힘을 주어야 한다. 처음부터 목소리 큰 아이들이 있지만, 친구들 앞에서 목소리 작은 애가 되는 아이들도 있다. 놀이를 통해 긴장이 풀리면 자연스럽게 목소리가 나오기도 한다. 아이들은 놀이를 통해 조금씩 성장한다.

자리를 바꾸며 노는 다른 놀이는 '당신의 이웃을 사랑하십니까?'이다. 의자에 앉아서 놀아도 되고, 의자 없이 그냥 바닥에 앉아서 활동할 수 있는 놀이다. 놀이 방법은 과일바구니와 비슷하다. 질문하고 대답하는 방식은 같지만, 과일 바구니처럼 정해진 단어가 있는 것이 아니라 친구들을 관찰 후 대답해야 한다. 술래가 질문하고 싶은 친구 앞에 가서 묻는다.

"안녕하세요, 당신의 이웃을 사랑하십니까?"

"예."

"어떤 이웃을 사랑하십니까?"라고 물으면

안경 쓴 친구, 안경을 쓰지 않은 친구, 남자, 여자, 흰 실내화를 신은 친구, 검은 바지를 입은 친구, 머리를 묶은 친구, 흰 마스크를 한 친구 등 대답할 수 있는 건 어마어마하게 많다.

만약에 "아니요."라고 대답하면 술래가 질문한 친구들 양 옆에 앉은 아이들이 자리를 바꾸어야 한다. 이때 술래는 한 자리에 앉으면 되고, 양 옆에 있던 친구 중 자리를 차지하지 못한 아이가 술래가 되어 질문을 이어간다.

"당신은 어떤 이웃을 사랑하십니까?"

"저는 모든 이웃을 사랑합니다."라고 대답하면 모든 아이들이 자리를 바꾸어 앉는다. 모든 아이들이 일어나면 혼

란스럽기도 하지만 아이들의 얼굴에는 웃음꽃이 가득이다. 그 짧은 순간 '어느 자리에 앉을까?'를 고민하는 아이들의 눈동자가 반짝반짝하다. '당신의 이웃을 사랑하십니까?' 놀이를 하며 자연스럽게 우리 반 친구들을 관심 있게 볼 수 있는 기회의 시간이 되기도 한다.

"당신의 이웃을 사랑하십니까?"라는 질문에 "예"라고 대답한 것처럼. 옆에 앉은 친구들과 서로 사랑하기를 바란다. 모든 이웃을 사랑하기는 어렵겠지만 교실 속 친구들과 평화롭게 지내기를 희망한다.

생각 나무가 자라요

놀이를 하면서 생각해야 하는 순간이 많습니다. "어떤 이웃을 사랑하십니까?"라는 질문에 친구들의 특성을 생각하며 말해야 합니다. 관찰하고 분류하는 활동이 가미된 놀이, 기억력을 향상시키는 놀이가 일상에서 자주 있었으면 좋겠다는 생각을 합니다.

- **질문 하나 생각 한 스푼** "'너는 어떤 이웃을 사랑하니?'라고 물으면 뭐라고 대답할 거니?"

진호는 한글을 자연스럽게 읽고 쓰기를 어려워했다. 진
호와 진호 엄마의 동의를 구해 일주일에 두 번 혹은 세 번
방과 후에 공부를 가르쳤다. 그림책을 읽으며 대화 나누기,
기초 연산 공부와 아주 가끔 줄넘기 연습과 보드게임이나
놀이를 함께 하기도 했다. 3월에 만난 진호는 수업 시간에
의자에 바르게 앉아 있지 못했다. 뒤돌아보거나 엎드려 있
거나 발을 의자에 올려 쪼그리고 앉아 뒤에 앉은 친구의 시
선을 가리기도 했다.

"진호, 바른 자세로 앉으세요."

"왜 바른 자세로 앉아야 해요. 왜요?"

처음엔 왜 바르게 앉아야 하는지 친절하게 말했지만, 진호는 바르게 앉기 싫은지 질문을 하며 시간을 끌어 수업을 방해하는 경우가 자주 있었다. 쉬는 시간엔 친구가 연결 큐브로 만든 로봇을 이유 없이 툭 치고는 미안하다고 하지 않았다. 친구가 불편하다고 말하면 "그냥 쳤거든요? 사과하기 싫어요."라고 말하곤 했다. 게다가 정리 정돈도 잘 하지 않는 아이였다. 나를 힘들게 하던 진호는 말과 행동에서 이전과는 다른 작은 변화가 생겼다.

통합 시간 교과서에 있던 카드로 메모리 게임을 했었다. 교실에 나라, 축제, 음식 메모리 카드가 있음을 알려주었다. 쉬는 시간에 진호가 나라 메모리 카드를 가져와서 선생님과 게임을 하고 싶다고 한다. 얼마 남지 않은 쉬는 시간이기에 오후에 선생님이랑 공부해야 할 시간이 있으니 그때 하자고 했더니 "네."라고 대답하며 보드게임 서랍에 수도 메모리 카드 게임을 넣어두었다. 수업을 마치고 진호와 함께하는 시간이었다. 진호는 잊지 않고 서랍에서 메모리 카드를 꺼내왔다. 책상에 카드를 뒤집어 두고 메모리 게임을 시작했다. 가위바위보로 순서를 정하고 카드를 뒤집어 같은 짝을 찾는다. 몇 번 하다 보니 진호는 공간과 이미지에 대한 기억력이 좋은 아이였음을 알게 되었다. "진호야. 기억력이 좋구나. 짝을 잘 찾는구나."라고 칭찬해 주었더니 씨익 웃는다. 그동안 피해주는 행동으로 가려져 있던 진호의 보석 같은 능력을 발견한 순간이었다. 메모리 게임을 함께 하며 나라 이름도 외우고 수도 이름도 외우는 이 시간이 참 좋은 시간이었다. 메모리 게임을 하면서 우리는 단순히 카드를 맞추는 것을 넘어 서로의 마음을 나누는 시간을 가졌다. 진호는 게임에 집중하며 즐거워했고, 나는 그의 성장을 진심으로 응원했다. 메모리 게임은 우리 사이의 거리를 좁히고 신뢰를 쌓는 데 큰 도움이 되었다.

사실, 나는 어릴 적부터 메모리 게임을 좋아했다. 메모리 게임을 즐겨 했던 경험이 나의 기억력 향상에 도움이 되었음을 알기에, 교사가 된 후에도 메모리 게임을 자주 활용했다. 영어, 사회 등 다양한 과목에서 메모리 게임을 활용하여 학생들의 학습 효과를 높이고 흥미를 유발했다. 신호를 통해 메모리 게임이 아이들과의 관계를 맺고 그들의 잠재력을 끌어내는 소중한 도구가 될 수 있음을 다시 확인할 수 있었다. 또한 모든 아이는 저마다 고유한 특성과 잠재력을 타고났다는 사실을 다시 한번 깨달았다. 아이들의 문제 행동에만 몰두하기보다는, 그들의 강점을 발견하고 격려해주는 것이 중요하다는 것을 오늘도 깊이 느꼈다.

생각 나무가 자라요

카드를 뒤집어 놓고 그림 맞추기, 글자 맞추기를 함께 해 보아요. 메모리 카드 게임을 통해 기억력을 향상시킬 수 있습니다. 재미있게 놀고, 기억력 향상까지 되는 메모리 게임을 자주 해 보시라고 말씀드리고 싶습니다.

● **질문하나 생각한 스푼** "카드를 어떤 방법으로 기억했니?"

손놀이:
손을 마주 잡고 마음을 나누는 우리

전래놀이 강사님의 방문으로 우리 반 아이들은 신나는 시간을 보냈다. 〈옆집 순이〉 노래를 부르며 놀이를 함께 했다. 가사에 어울리는 율동을 하고 마지막에 가위바위보 하여 이긴 사람이 진 사람의 목에 손가락으로 살짝 눌러 어떤 손가락을 눌렀는지 알아맞히는 놀이였다.

남산 위에 초가집 짓고 예쁜 얼굴로 달려 갔더니
옆집 순이는 시집을 가고 나는 망했다.
요놈의 가시나 오기만 해 봐. 누가 이기나 시합해보자 가위바위보.

아이들이 TV 화면에 비친 가사를 보며 노래하도록 했다. 처음에는 낯선 듯 TV 화면을 주시하며 노래했지만, 금세 노래에 맞춰 율동을 하고 즐거워했다. 아이들은 두 줄로 마주 앉아, 한 줄씩 뒤로 한 칸씩 이동하며 짝을 바꿔가며 놀이를 즐겼다. 새로운 짝과 함께 〈옆집 순이〉 놀이를 이어가며 가위바위보로 손가락 맞추기 게임에 푹 빠졌다. 특히, 맞추지 못할 경우 다시 손가락을 살짝 찌르는 부분에서 큰 웃음을 터뜨렸다. 아이들의 노는 모습을 보며 앉은 자리에서 놀 수 있는 손놀이를 떠올렸다. 어릴 적 무척이나 많이 했던 놀이, 교실 속 〈옆집 순이〉 놀이가 시발점이 되어 〈신데렐라〉, 〈감자에 싹이 나서〉를 하며 놀았던 그때 그 시절로 돌아가서 추억의 조각들을 뭉게뭉게 만들었다.

몽실몽실 떠오른 놀이를 아이들과 함께 놀았다.

신데렐라는 어려서 부모님을 잃고요 계모와 언니들에게

꾸중을 받았더래요…

아침 바람 찬바람에 울고 가는 저 기러기…

감자에 싹이 나서 잎이 나서 구리구리구리…

　창밖으로 따스한 햇살이 스며드는 교실 안, 아이들의 웃음소리가 가득하다. 책상 위에는 교과서 대신 작은 손들이 모여 서로를 향하고 있다. 양손으로 가위바위보를 내고, 어떤 손을 빼야 할지 고민하며 눈을 빛낸다. 때로는 같은 것을 내어 허탈해하기도 하고, 예상치 못한 결과에 웃음을 터뜨리기도 한다. 아이들의 얼굴에는 승부에 대한 긴장감과 동시에 순수한 즐거움이 가득하다.

　이 간단한 놀이 속에는 아이들의 다양한 모습이 담겨 있다. 신중하게 전략을 짜는 아이, 순발력을 발휘하는 아이, 승부에 연연하지 않고 친구들과 함께 웃는 아이까지 저마다의 개성을 드러낸다.

　"선생님, 저 이겼어요!"

"아, 나 또 졌다!"

"다음엔 꼭 이길 거예요!"

아이들의 솔직한 감정 표현은 교실 안을 더욱 활기차게 만든다. 승리에 대한 기쁨과 패배에 대한 아쉬움을 자연스럽게 표현하며 사회성을 배우고, 친구들과의 유대감을 돈독히 한다.

마주 보며 놀았던 아이와 나는 많은 것을 나눴다. 먹을 것, 재미있게 본 하늘까지. 우리는 그렇게 한참을 놀았다. 한참을 말이다. 돌이켜보면 교실에서도 아이들은 수업보다는 함께 놀이했던 순간을 선명하게 기억했다. 한 달 돌아보기, 일주일 돌아보기를 할 때면 공부의 의미 있는 순간보다는 놀이의 순간을 이야기하는 경우가 훨씬 많다. 손끝의 감각을 활성화시켜 주면 뇌에 자극이 됨을 안다. 아이들이 손놀이를 하며 친구들과 눈과 눈을 마주하고, 눈과 손, 입의 협응력을 키워주는 시간이 되었으리라 믿는다. 친구랑 둘이 앉아서 서로의 손바닥을 마주치며 신나게 놀았던 어린 시절. 둘이서 마주 보고 앉아 노래를 부르며 가사에 맞는 동작을 표현했다. 동작은 나를 표현하는 시작이기도 하다. 반복적인 노래를 부르며 놀았던 시간이 돌이켜보면 따스하고 그립다. 우리 아이들에게도 교실에서 놀이가 추억으로 저장되기를 바라는 마음이다.

생각 나무가 자라요

부모님께는 그때 그 시절 추억의 놀이, 아이들에게는 전통놀이를 함께 하며 손끝의 감각을 키워보세요. 손놀이의 작은 경험들이 아이들의 삶에 소소한 행복을 만들어주는 씨앗이 될 거라 믿습니다.

● 질문 하나 생각한 스푼 "손놀이 중에서 친구들에게 가르쳐 준
다면 어떻게 설명할 수 있을까?"

말놀이:
말이 말을 낳는 새로운 경험

말놀이를 2학년 국어 교과서에서 배운다. 2학년 1학기에는 '말놀이를 해요' 단원에서 말 잇기 놀이, 꽁지따기 말놀이, 같은 말로 이어 말하기 놀이, 주고받는 말놀이, 말 덧붙이기 놀이. 2학기에는 말의 재미를 찾아서 단원에서는 흉내 내는 말로 짧은 글짓기, 수수께끼, 다섯 고개를 배운다.

시장에 가면 고등어가 있고, 사과가 있고. 기억력 향상에는 정말 딱인 게임이다. 아이스크림 가게에 가면 먹고 싶은 아이스크림을 이야기한다. 동물원에 가면 내가 좋아하는 동물들의 이름을 마구마구 이야기한다. 아이들의 어떤 이야기를 하는지 잘 듣는다. 잊지 않으려고 기억한다. 잊을 때도 많다. 하면 할수록 내 기억력은 좋아진다.

꿍꿍따리 꿍꿍따. TV에서 보던 강호동, 유재석의 산기 슭. 한 방 단어의 위력을 알았던 그때가 있었다. 전국은 끝 말잇기 열풍이었다. 그 이전에도 그 이후에도 끝말잇기는 계속되고 있다. 어느 정도 단어에 대해 알고 있다면 가능한 놀이이다. 나 어릴 적에도 그랬고, 크면서도 그랬고, 우리 아이들을 키울 때도 그랬고, 지금 내가 가르치고 있는 아이 들과도 함께 했다. 리본-본드-드라이로 이어지는 끝말잇 기를 보며 어릴 적 친구들과 함께 했던 끝말잇기의 순간을 떠올리게 했다.

이것 외에도 초성 퀴즈는 아이들의 무한한 가능성을 엿 볼 수 있다. 첫날 선생님 이름을 초성 퀴즈로, 수업에서 핵 심 단어를 초성 퀴즈를 내며 맞추도록 했다. 또는 'ㄱㅈ'를 칠판에 써 놓고, 아이들이 다양한 단어를 떠올려서 말하도록 하는 시간은 아이들의 어휘력을 확장하는 기회를 만들어 주기도 했다.

'감자, 가지, 가족, 공장, 과자, 강정, 가죽, 가장, 가재, 기적, 간장, 고층, 고종' 등등 제시어를 바꾸어 가며 아이들과 초성 퀴즈로 시간을 보내기도 했다. 놀이를 하면 할수록 아이들이 좋아하는 놀이가 생긴다. 좋아하는 놀이를 더 알고 싶어 도서관에서 책을 빌려오는 아이가 있고, 집에서 정보를 찾으며 공부해와서 학교에서 친구들에게 알려주고 퀴즈 내는 아이도 있다.

어릴 적 자주 먹었던 풍선껌. 풍선껌 속에 들어 있던 미니책. 만화책일수도 있고, 속담 또는 퀴즈가 들어 있었다. 내 손가락만 한 미니책이지만 읽어보면 재미가 쏠쏠했다. '보리 고개 이야기', '이 세상에서 가장 빠른 새는 눈 깜짝할 새' 지금 생각해도 웃기다. 어른 손가락만 한 미니책이 어쩜 그리 재미있었는지 말이다. 수수께끼를 배우게 시간이 돌아오면 무궁무진한 수수께끼에 아이들의 흥미도가 무척 높다. 수수께끼를 변형해서 활동하는 재미도 쏠쏠하다.

다섯 고개 놀이도 인기 만점이다. 아이들은 퀴즈를 정말 좋아했다. 자신이 문제를 내는 것도 무척 좋아하는 아이들. 자신이 주인공이 되는 순간을 즐기는 2학년이었다. 분야를 정해 두고 다섯 고개 놀이를 했다. 동물, 식물, 학용품, 캐릭터 등 아이들 관심 분야를 정해 두고 하면 아이들의 세계로 빠져들기도 한다. 미처 알지 못했던 아이들의 모습을 발견하는 시간이 되기도 했다. 자기 자신을 소개하는 다섯 고개 놀이에서도 자신을 어떻게 소개할지 고민하는 모습이 아직도 선명하게 떠오른다. 정답을 맞추는 시간은 모두에게 기회를 주기 위해 말보다는 쓰도록 했다. 단계별로 내가 생각한 정답이 좁혀지는지 확인하는 시간을 주었다.

놀이를 하면서 새로운 놀이가 떠오르는 순간을 만난다. 아이들의 삶은 놀이와 뗄 수 없다. 아이들과 말놀이를 하면서 많이 웃었다. 아이들의 기발한 생각에 눈이 커지기도 했다.

생각 나무가 자라요

특별한 준비물이 필요 없는 말놀이를 추천합니다. 이동하면서, 식사하면서, 아이랑 책 읽으면서도 가능한 다양한 말놀이—끝말잇기, 꽁지따기 놀이, 수수께끼, 초성 퀴즈, 다섯 고개 등을 일상에서 자주 나누면 어떨까요?

● **질문 하나 생각 한 스푼** "함께 초성퀴즈 해 보자. 'ㅇㅇ'으로 시작하는 단어들은 무엇이 있을까?"

쉬는 시간 놀이:
이토록 소중한 10분

    쉬는 시간이면 아이들의 노는 모습을 수시로 보려고 한다. 시선을 컴퓨터 화면에 두기보다는 아이들에게 돌리려고 한다. 물론 컴퓨터 화면에서 눈을 떼지 못할 때도 있지만 말이다.

    짧은 시간이라고 생각될 순 있지만, 아이들에게는 무척이나 소중한 시간이다. 특별한 상황이 아니면 아이들의 쉬는 시간을 온전히 지켜주려고 애쓴다. 매해 맡은 아이들의 성향에 따라 쉬는 시간 놀이 문화는 각양각색이다.

어느 멋진 화요일 3교시 쉬는 시간. 평화로운 기운이 교실에 가득하다. 오늘은 예슬이의 날(매일 돌아가면서 자신의 날을 맞이한다)이다. 선생님 책상 옆에 앉는 것을 좋아하는 우리 반 아이들이다. 예슬이는 자주 나에게 힘을 주는 말과 정성 가득 자신이 그린 쪽지 그림을 선물한다. 내게 활력을 주곤 한다. 좋아하는 그림을 그리고 내게 준 적도 있다.

아프지 말고 주말 보내세요.
행복한 날 되세요.

예슬이는 진로 수업 시간에 했던 나비 그림 완성에 여념이 없다. 책상에 가지런하게 올려놓은 색연필과 사인펜에 분주하게 손이 왔다 갔다 한다. 마음에 드는 색의 색연필을 골라 색칠한다. 그림 그리기를 좋아하는 예슬이가 쉬는 시간에 열중하는 모습을 담는다. 쉬라고 해도 그림 완성에 시간을 보낸다. 우리 반 봉사왕 도연이도 색칠에 집중하고 있다. 첫 번째 또는 두 번째로 일찍 등교하는 도연이. 스스로 알아서 척척 하는 그녀는 내가 잠깐 연구실에 학습지를 가지러 갈 때면 친구들 체온 측정, 공책이나 교과서를 나누어 줄 사람 하면 꼭 일어나서 나눠준다. 도연이도 그림 그리기를 좋아한다. 대부분의 쉬는 시간을 종합장에 그림을 그리며 논다. 오늘은 아진이와 미진이 역시 그림 그리기를 좋아한다. 한 의자에 두 명이 같이 앉아서 소곤소곤 대화하며 캐릭터를 그린다. 어떤 날은 인물을, 어떤 날을 풍경을, 어떤 날엔 강아지나 고양이를 그린다.

요즘 우리 반은 쉬는 시간에 할리갈리 열풍이다. 24명 중 18~20여 명의 아이들은 할리갈리를 한다.

"다음 시간 교과서 책상 위에 올려두고 쉬세요." 하면 빠른 걸음으로 보드게임을 넣어 둔 서랍으로 아이들이 모여든다.

"할리갈리 할 사람?"

"나! 같이 하자."

"나도 할래."

어느새 바다 위에 떠 있는 섬처럼 모여서 미소 가득 머금고 할리갈리에 빠져 집중하며 시간을 보내고 있다.

스머프 게임을 무척이나 좋아하는 현준. 평소라면 동현이와 함께 스머프 게임을 했을 것이다. 동현이의 확진에 오늘은 현수랑 함께 스머프 게임을 한다. 동현이는 목소리를 높이는 경우가 많지만, 현수는 평소 아이들과 평화롭게 지낸다. 오늘 현준이와 현수는 합이 잘 맞아 평화롭고 다정한 시간을 보내고 있다.

수업 시간에 가만히 앉아 있지 못하는 이수. 주변 정리에 취약하다. 책상 위와 바닥은 항상 무언가가 있다. 하지만 쉬는 시간이면 연결 큐브로 자신만의 세상에 빠진다. 솔이와 마음이 잘 맞아 쉬는 시간이면 정다움이 넘친다. (하지만 앞뒤로 앉아 수업 시간에 의견충돌이 자주 생길 때가 있다. 어제도 직업 카드 게임을 하는데 서로 자기 카드라며 한동안 실랑이를 하는 두 아이다.) 쉬는 시간의 다정함이 수업 시간에도 이어지기를 바라는 마음으로 아이들을 바라본다.

가을 시간에 했던 동네 사람 뱀 주사위 놀이에 빠진 주성이는 함께 할 친구들을 찾아 그 즐거움에 빠진다. 함께 하는 현아도 혜정이도 너무 예쁘다. 정우와 동건이는 스케이트보드라는 공통의 관심사 덕분에 어느새 부쩍 친해졌다. 쉬는 시간이면 대화가 쉴 새 없이 이어진다. 두 아이의 표정이 밝기에 보고 있는 나도 기분이 좋다

올해는 발레를 배우는 여자아이 둘이 있다. 쉬는 시간이면 가위바위보 하며 누가 유연한지 다리찢기 놀이에 빠져 있다. 두 아이 주변에 원을 만들며 다른 친구들도 다리찢기를 시도한다. 배움이 놀이로 전환되어 노는 아이들의 모습엔 귀여움이 가득하다.

1학기엔 남자아이들은 연결 큐브로 만들기 열풍이었다. 정육면체의 연결큐브를 연결해서 로봇, 자동차, 기차 등을 만들어 상상의 나라를 만들었다. 1학기 연결큐브에 빠졌던 남자아이들까지 할리갈리에 빠져든다. "쉬는 시간이야." 하면 빛의 속도로 달려가는 아이들이 있다. 태휘, 재훈이, 도준이다. 이 아이들은 할리갈리 할 때 자주 싸운다. 그런데 블록을 할 때도 자주 싸웠던 아이들이다. 갈등이 생기는

상대는 달라져도 갈등이 생기는 지점은 같다.

"같이 정리하지 않아요. 전 정리했는데요. 근데 제게만 정리하라고 말해요."

"제가 카드 먼저 잡았어요. 아니 제가 먼저 잡았어요."

기본적으로 규칙을 잘 지키지 않는 아이들이 갈등이 생긴다. 작은 것부터 지킬 줄 아는 아이들은 놀이를 할 때도 이미 몸에 배어있다. 예절 수업 시간에 아이들에게 질문을 던졌다. 수업을 방해하는 행동에 대해 물었다.

"하면 안 되는 것을 알면서 왜 계속 행동할까?"

"알면서 지키는 않는 아이와 노력하고 있지만 잘 지켜지지 않는 아이를 위해 대화를 나누자."

평화로운 교실을 위해 아이들과 '행감바'와 '인사약'에 대해 이야기를 나누고, 서로에게 불편했던 점을 이야기 나누는 시간을 가졌다. 이전보다 분명히 나아지는 아이들을 믿기에 오늘도 이야기하고, 내일도 이야기할 것이다.

귀중한 쉬는 시간이 다툼 해결로 지나가 버리는 것을 아이들은 무척 아쉬워한다. 어느 날의 쉬는 시간, 기분 나쁜 듯한 대화가 오고 가는 두 아이를 보며 물었다.

"너희들 지금 싸우는 거니? 선생님 도움이 필요할까?"

"아니요. 생각이 다른 거예요. 해결했어요. 싸우지 않아요."

어느새 다정한 분위기로 놀이를 즐긴다. 소중한 10분의 놀이 시간을 지키기 위함이었는지, '행감바'와 '인사약'의 효과였는지 알 수 없지만, 두 아이는 온전히 쉬는 시간을 누렸다. 나도 덕분에 아이들의 평화로운 놀이 장면에 빠져들었다.

생각 나무가 자라요

쉬는 시간에 아이들이 좋아하는 활동으로 시간을 보냅니다. 우리 자녀가 무엇을 하며 시간을 보냈는지 이야기를 나눠 보세요. 또는 집에서 여유 있는 시간에 어떤 활동을 하며 시간을 보내면 좋을지도 함께 생각해 보는 시간을 만들어 보시기 바랍니다.

● **질문 하나 생각 한 스푼** "쉬는 시간에 어떤 활동을 하며 시간을 보냈니(보내고 싶니)?"

점심시간 운동장 놀이:
아이들이 직접 쓰는 해방일지

코로나가 풀리며 점심시간 운동장 놀이가 가능해졌다. 자유롭게 뛰어놀았던 때가 그리운 아이들이다. 등교하자마자 내게 묻는다.

"선생님, 오늘 점심시간에 운동장에 나가도 되나요?"

"그럼 나갈 수 있지."

"야호. 고맙습니다."

"○○야, 너 점심시간에 나갈 거야?"

"응. 우리 점심 먹고 같이 나가자."

아침부터 점심시간 운동장에 나갈 생각에 들떠 있다. 담임인 나는 아이들의 안전이 걱정되기에 조심하라는 이야기를 계속한다. 현재 29도이니 그늘에서 놀아요. 놀다가 더우면 교실에 바로 들어와요. 많은 아이들이 놀기 때문에 공놀이는 안 돼요. 부딪히지 않도록 조심해요. 1학년 동생들 괴롭히지 말아요. 걸어서 내려가요. 신발주머니 돌리지 말아요. 12시 50분까지 교실에 들어와야 해요.

드디어 점심시간이 되었다. 점심을 맛있게 먹은 아이들이 하나, 둘 사라진다.

"○○야, 같이 나가자."

"응. 기다려 줄게."

"잠깐 나 물병 챙기고."

"나도 물병 가지고 갈래."

어느새 교실에는 단 두 명의 아이와 나만 남았다.

"선생님 전 햇빛에 나가면 피부가 빨리 빨개져요. 그래서 안 나갈 거예요."

"저도 나가기 싫어요. 너무 더운 건 싫어요."

"○○아. 그럼 우리 둘이 놀까?"

"그래."

운동장에 나가지 않은 두 아이는 책을 보다가, 그림을 그리며 시간을 보낸다. 두 아이에겐 책읽기, 그림 그리기가 놀이이다.

12시 45분부터 아이들이 들어오기 시작한다. 어느새 셔츠의 목 부분이 젖어 있다. 두 볼은 발갛다. 얼굴과 머리카락이 땀에 흠뻑 젖은 아이도 있다.

"엄청 더워요. 선생님 에어컨 틀었어요?"

"그럼 에어컨 틀었지.", "저 물병에 물 받아 올게요."

땀에 젖어도 아이들의 표정은 만족감이 한가득 묻어 있었다. 더위도 아이들의 놀이를 막진 못했다. 아이들에게 운동장 놀이에 대한 소감을 물어보았다. 나갔을 때의 기분은 어땠는지, 무엇을 하고 놀았는지, 덥진 않았는지, 아이들의 머릿속에 무슨 생각이 가득한지 알고 싶은 마음에 질문의 개수는 점점 더 늘어났다.

아이들의 대답 소리로 교실이 가득 찬다. "워~ 워~" 아이들을 진정시켰다.

"완전 신났어요. 우린 해방되었어요. 더워도 너무 좋았어요." 아이들의 대답이 곳곳에서 들려왔다. 웅성웅성 시끌

벅적 서로의 좋은 감정을 포스트잇에 적는 시간을 가졌다.

> 운동장이란 따스한 햇살과 신선한 바람 날씨는 덥지만
> 재미있었다.
> 시소 타고 놀았어요. 재미있어요.
> 엄청 더운 날 운동장 해방이다. 운동장에서 신나게 놀았
> 다. 옷 다 젖었다.
> 술래잡기 했는데 너무 재미있었다.
> 2학년 첫 운동장 술래잡기. 더워도 운동장에 나가야지.
> 왜냐하면 나는 노는 것이 좋으니까.

코로나와 저학년 아이들의 안전을 위해 점심 후 남는 시
간을 교실에서 보내는 편이 낫다고 생각했다. 운동장 놀
이 후 교실로 들어오는 아이들의 표정을 보니 그동안 괜찮
지 않았구나, 깨달았다. 오랜만의 운동장 놀이는 아이들에
게 해방감을 주었구나. 점심시간 운동장 놀이를 하면서 다
투기도 할 것이다. 다칠 수도 있을 것이다. 선배들과의 갈
등이 생길 수도 있을 것이다. 선생님인 나는 걱정이 많았지

만, 운동장에서 자유로이 뛰어노는 아이들은 걱정보다는 자유와 즐거움에 충분히 만족하는 듯하다. 자신이 선택한 점심시간 운동장 놀이 후 덥다고 찡찡대는 아이들도 있었다. 그럼에도 불구하고 노는 것이 좋은 아이들이었다. 땅을 밟고 햇빛의 따사로움을 느끼며 땀을 흘리며 노는 너희들이 모습이 찬란하구나. 좋아하는 것을 하면 더위도 막을 수 없음을 깨닫는다. 아이들의 마음이 풍성해짐을 느낀다.

생각 나무가 자라요

햇볕을 쬐며 뛰어노는 아이들은 건강합니다. 아이들이 운동장에서 친구들과 뛰어놀며 보낸 경험을 가정에서도 함께 나눠 주세요. 운동장에서 무얼 하고 놀았는지, 기분은 어땠는지, 가장 재미있었던 것은 무엇인지, 힘들었던 점을 어떻게 해결했는지 등 다양한 이야기들을 통해 이야기를 나눠주세요.

●**질문하나생각한스푼** "운동장에서 무엇을 하고 놀았니? 가장 재미있던(힘들었던) 것은 무엇이었니?"

4교시

희망

우리 모두 함께 하며

따뜻한 마음을 나누는 비밀 친구,
마니또

　비밀 친구 뜻을 가진 마니또는 학급 경영에서 자주 활용했다. 일정 기간 동안 마니또를 관찰하며 관심의 기회를 갖도록 했다. "자세히 보면 예쁘다."라는 시의 구절을 믿는다. 마니또를 하겠다고 아이들에게 안내하는 순간부터 기획하는 난 긴장한다. 활동 자체를 싫어해서 하지 않겠다고 하는 경우가 있기에 마니또를 왜 하는지, 어떤 점이 좋은지 상세하게 말한다. 아이들의 이름이나 번호를 종이에 적는다. 서로의 마니또가 누구인지 반드시 기록한다. 몇몇 아이들은 비밀 친구의 존재에 관심이 없거나, 기억하지 못하기에. 특히 2학년 아이들은 무척 좋아하는 활동이지만, 자신의 마니또를 잊기도 하기에 기록은 필수다. 제비뽑기 후 기분 나쁜 표정은 마니또가 밝혀질 때 서로에게 상처가 되기에 표정 관리도 필수라고 미리 말한다. 왜 이렇게 미리 말해야 할 것이 많냐면 아이들은 미리 말하지 않아서 속상한 경우가 더 많기 때문이다. 글씨체를 알아볼 수 있으니 평소와 다르게 쓰도록 안내한다. 용돈으로 물건과 먹을 것을 사기보다는 마니또 몰래 정리해주기, 청소해 주기, 쉬는 시간이나 점심시간에 놀기, 칭찬하기 등의 미션을 한다. 2학년의 경우엔 물건이나 먹을 것을 사는 것은 경제적 부담을 줄수 있기에 사전에 하지 않도록 한다. 마니또를 공개하는 날에도 "집에 있는 물건 중 나에게는 필요 없지만 마니또에겐 유용하게 쓰일 것 같은 물건"을 추천한다. 참. 미션이 하나더 있다. 공개하는 날까지 마니또에게 들키지 않는 것이 미션이기도 하다.

평소보다 일찍 등교해서 마니또 사물함을 정리해준다.

"선생님, 제 마니또 ○○이예요. ○○이는 사물함이 너무 더러워요. 저 일부러 빨리 왔어요."

"선생님은 ㅇㅇ이의 마음 알지. 얼마나 기쁜지 몰라. 마니또 사물함 정리하면서 ㅇㅇ이 사물함도 정리하면 어떨까?"

"네."

마니또 덕분에 아이와 나의 대화가 풍성해진다.

한 아이는 점심시간에 친구의 자리를 쓸어준다. 마침 그 아이의 마니또는 도서관에 갔는지 없다. 마니또 자리만 쓸어주면 친구들이 알아채기에 다른 친구 자리도 쓸어준다. 친구를 생각하는 마음 덕분에 교실도 깨끗해진다. 청소하는 친구를 보며 다른 아이도 함께 쓸어준다. "나도 쓸어 줄래. 네 마니또 ㅇㅇ이지?", "아니거든…." 둘은 바닥을 쓸며 마니또 이야기가 한창이다. 어느새 쓸기는 멈추고 이야기에 빠져있다. 그 모습도 사랑스럽다.

한 아이는 울적한 표정으로 내게 온다. "선생님, 제 마니또는 아무것도 안 해요. 속상해요."

"그랬구나. 속상하구나. 근데 선생님이 봤는데 네 마니또가 어제 너 사물함 정리해줬는데? 몰랐구나."

"어머나 그랬어요. 와~"

"○○이는 네 마니또를 위해서 무엇을 했니?"

"음…. 아직 못 했어요."

"그럼 마니또를 위해 무엇을 하면 좋을까?"

"저도 오늘 마니또를 위해 사물함을 정리할래요! 아 맞다. 편지도 써 줄래요."

"오호 좋은 생각이구나. 여기 색종이가 있어. 맘에 드는 무늬나 색깔을 고르렴."

"저 분홍색 할래요. ○○이는 분홍색 좋아하더라고요."

"그래 좋아. 글씨체 알아볼 수 있으니 바꿔서 써."

"네. 선생님."

바꿔서 쓴다고 하지만 내가 보기엔 원래 자기의 글씨와 비슷하다. 색종이에 쓴 편지를 받아 다음 날 아침 마니또에게 전달한다. 난 사랑의 우체부가 된다. 편지를 가져다 놓다가 다른 친구들이 알아챌 수 있으니 편지를 받아 다음 날 마니또를 불러 살짝 전달한다. 편지를 받은 아이의 미소를 본다.

마지막 발표날. 설렘. 긴장의 감정들이 교실 안에 가득하다. 등교해서 선생님에게 가져온 선물에 관한 이야기를 푼다. 주변 친구들과 조잘조잘 재잘재잘 이야기를 나눈다. 즐거움이 가득한 마니또 공개의 날이지만 돌발상황은 존재한다. "선생님, 저 선물 못 가져왔어요."

"그럼 혹시 내일 가져올 수 있어? 그럼 내일 꼭 가져오렴." 상황이 풀리면 감사하다.

"저 가져올 것 없어요." 하는 때도 있다.

가져올 것이 없는 형편인 아이에게는 살짝 교실에 있는 학용품 중에서 건넨다. 그렇지 않으면 하루 더 시간을 준다. 마니또에게는 하루를 기다려달라고 말하고 말이다.

1년에 최소 한 번은 하는 마니또. 여러 번 하기도 한다. 어떤 해는 크리스마스 즈음에 하기도 하고, 어떤 해는 3월 학기 초에 시작하기도 했다. 아이들의 성향을 파악해서 언제 하면 좋을지 생각해서 시작한다. 올해는 2학기를 맞이하여 시작할 마음을 갖는다. 누군가를 자세히 관찰하는 것을 시작으로 우리 반 친구에게 관심을 가질 기회를 얻게 되는 마니또. 누군가를 도와주는 것이 기쁨이 되는 경험을 하게 되는 마니또. 어른이 되어서는 함께하는 이들과 관심을 표하며 즐거움을 주는 놀이로 마주한다.

누군가를 돕는 기쁨을 알았으면 하면 마음이 아이들에게 조금이라도 닿기를 바란다. 누군가에게 관심 갖는 기회가 서로에게 한 발짝 다가가기를 소망한다.

생각 나무가 자라요

교실에서 비밀 친구, 마니또 활동을 할 수 있습니다. 선생님마다 제시하는 방법은 다를 수 있습니다. 아이들과 이야기 나누며 어떻게 진행되고 있는지 함께 이야기 나누며 마니또를 어떻게 도와주면 좋을지 함께 이야기 나누면 어떨까요?

● 질문하나 생각한스푼 "마니또에게 어떤 도움을 주고 싶니?"

감사와 칭찬으로 하루 돌아보기, 긍정 확언

"지금 당장 '감사하는 삶을 시작하겠다'는 의도를 가져 보라.", "삶의 기적은 감사의 힘을 믿으며 감사를 '의도'하고 '선택'하는 데서 시작된다." 이 문장을 2021년 『쓰면 이루어지는 감사 일기의 힘』에서 만났다. 그때부터 지금까지 감사 일기를 쓰고 있다. 이전보다 세상을 바라보는 시선이 따스해짐을 알았기에 교실에서 아이들과 일상의 감사함을 나누고 싶어 학급에서 함께 쓰기 시작했다.

1학기에는 배움 공책에 감사와 칭찬을 적었다. 2학기에는 배움 공책을 꺼내고 넣고 하기보다는 알림장 적을 때 오늘 학교생활을 돌아보며 스스로 감사와 칭찬거리를 찾는 시간을 만들기 시작했다. 아이들 성향에 따라 감사와 칭찬을 많이 가지기도 하고, 하나도 적지 못하는 경우도 있다.

알림장에 감사와 칭찬이라는 제목만 적고 그대로 가져오는 경우도 종종 있다. 그럼 난 이야기해 준다.

"○○야, 너 오늘 친구랑 싸우지 않고 할리갈리 했잖아. 오늘 자리도 깨끗하게 쓸던데."

"오늘 받아쓰기 시험 봤는데 글자 바르게 잘 썼더라."

"급식 골고루 잘 먹던데?"

또는 전체적으로

"오늘 복도 걸어 다닌 사람? 친구 도와준 사람? 수업 열심히 한 사람? 자리 깨끗하게 쓴 사람? 친구랑 사이좋게 지낸 사람? 바른 말 고운 말 쓴 사람?" 등의 질문을 던진다.

그럼 아이들은 "아~ 생각났다." 하며 자신의 칭찬거리를 찾아 적는다.

감사함을 찾지 못하는 경우도 있었다.

"부모님이 아침에 맛있는 요리해주신 것 감사한 거야. 선생님이 오늘 클레이로 가을 열매 만들기 한 것 어땠어? 급식에서 토마토 더 먹고 싶다고 한 사람들에게 좀 더 나눠준 것 모두 감사한 일이야."라고 일상의 매일 일어나는 순간에 의미를 더해 주는 노력을 했다.

부모님께 받은 사랑에 감사하고,

담임 선생님의 수업에 감사하고,

친구들의 다정함과 자연의 아름다움에도 감사하고,

매일 먹는 급식에도 감사할 줄 아는 아이들로 변하고 표현도 자주 했다.

4학년 담임이었을 때 『12살에 부자가 된 키라』를 함께 읽고 수업하며 성공일기를 썼었다. 작은 성공의 경험을 쓰면서 아이들에게 자신감을 심어 주었다. 2학년도 일상에서 작은 성공을 찾아 쓰도록 했다. 성공일기, 자신을 칭찬하는 칭찬일기도 쓰곤 했다.

성공일기 – 팬더 완성 성공, 아빠랑 덜 싸우기 성공, 매일 책 읽기 성공, 운동 꾸준히 해서 성공, 평화롭게 지내기 성공

감사일기 – 아빠 화 안 내서 감사, 세 자리수 모서리 게임 해 주셔서 감사, 엄마가 내가 가장 좋아하는 음식 해주셔서 감사, 길이재기 재미있게 해 주셔서 감사, 바른 글씨 쓰는 방법 알려 주셔서 감사

칭찬일기 – 가을 클레이 잘한 것 칭찬, 자리 깨끗한 것 칭찬, 탐구 수학 잘한 것 칭찬, 복도 걸어 다닌 것 칭찬, 글씨 바르게 써서 칭찬, 급식 당번 도와준 것 칭찬, 아침 에 책꽂이 이동 도와준 것 칭찬

긍정 확언도 쓰는 2학년이었다.

나는 행복한 ○○이다. 나는 날마다 성장하고 있다. 나는 정말 훌륭한 아이이다.

나는 행복하고 감사할 줄 아는 멋진 ○○입니다. 나는 자랑스러운 ○○ 초등학교 학생입니다.

조금 시간을 내어 아이들과 성공일기, 감사일기, 칭찬일기와 긍정 확언 쓰기로 아이들에게 일상의 행복과 충만함을 주려고 했다. 시작할 땐 내가 준 만큼 받지 못해도 서운해하지 않겠다 다짐했다. 하지만 다짐이 무색하게 오히려 아이들로부터 내가 훨씬 많이 받았다. 아이들의 말에서 따스함이 느껴지면, 교실엔 긍정적이고 훈훈한 에너지가 돈다. 밝은 에너지가 다시 아이들에게로 가는 아름다움이 돌고 돈다. 아이들의 다정함이 학교생활의 행복감을 높여주었다.

"감사일기 최소 2개는 쓰세요."라고 말하면,

"저는 4개 적을 거예요.", "저는 5개 적을 거예요."라고 말하는 2학년 아이들 덕분에 다른 아이들은 태도를 보고 배운다. 긍정적인 태도가 아이들에게 조금씩 스며들더니 어느새 흠뻑 빠졌다.

생각 나무가 자라요

아이들은 감사함을 찾지 못하는 경우가 많습니다. 현재 내 주변에 당연하다고 여기는 것들을 말해주고, 아이들의 행동에서 감사함을 찾아주면 2학년 아이들도 금방 감사할 거리를 찾습니다. 감사로 하루하루 마일리지를 쌓아가면 세상을 바라보는 시선이 달라집니다. 가정에서도 학교에서도 짧은 몇 분만 투자해도 변화가 느껴지는 대박 투자와 같다고 생각합니다.

● **질문 하나 생각 한 스푼** "오늘 내게 감사한 것은 무엇일까?"

쓰면 이루어지는
나만의 마법 수첩

칭찬하는 말을 하거나 들었던 경험 나누기 수업을 했다. 자신이 칭찬하는 말을 하거나 들었던 경험에 대해 나누는 것이 주요 활동이다. 칭찬 경험 나눔은 꺼내면 꺼낼수록 계속 나오는 마법의 장독 같았다. 칭찬을 나누니 분위기도 따스해진다.

학기 말 아이들을 위한 작은 수첩을 나눠주면 좋겠다는 생각을 했다. 며칠 전부터 읽기 시작한 『글똥누기』에서 이영근 선생님께서 글똥누기 수첩을 나눠주는 것처럼 말이다. 간편하게 들고 다닐 수 있기에 더 자주 꺼내어 활용할 수 있겠다는 생각이 들고, 작은 수첩에 기록하기 시작하는 것이 동기 부여의 장이 될 기회일 수도 있으니까. 생각에 그치지 않고 행동으로 옮겼다. 수첩을 구입하고 나눠주며 아이들에게 말했다.

"우리는 이렇게 칭찬받을 행동들을 자주 하는 아이들이야. 너희들을 위해 선물을 준비했어."

"얼마 전 독서 토론 논술 시간에 읽었던 『프레드릭』 기억하지. 프레드릭이 햇살을 모으자고 말했잖아. '나만의 마법 수첩'에 마법의 문장을 모아두었다가 힘들 때 위로가 될 수 있을 거야. 프레드릭이 말한 햇살처럼 말이야."

"선생님은 '쓰면 이루어지는 나만의 마법 수첩'이란 이름을 지었어. 선생님과 같은 이름을 지어도 되고 나만의 이름을 정해도 좋아."

아이들이 정한 수첩의 이름들이다. 스스로 이름을 지어

보는 경험을 통해 수첩에 애정을 갖게 하는 효과를 주었다. 작은 일이지만 혼자서 무언가를 하면서 아이들은 조금씩 성장한다고 믿는다.

○○이의 비밀의 노트
블랙 수첩
쓰면 이루어진다, ○○이의 마법 수첩
기쁠 때 쓰는 마법 수첩
정확히 쓰면 이루어지는 마법의 종이

첫 번째 장에는 새해 목표 그리고 5년 후의 목표까지 적도록 했다. 다음 장은 마법 문장 즉 긍정 확언을 적도록 했다. 자신에게 힘을 주는 마법의 문장들을 쓰는 아이들을 보며 나는 문장채집을 했다.

나는 할 수 있다.
나는 매일 행복하다.
나는 지금도 행복하다.

나는 나 자신을 사랑한다.

나는 날마다 성장하고 있다.

나는 날마다 좋아지고 있다.

나는 날마다 건강해지고 있다.

내 인생은 좋은 방향으로 흐르고 있다.

긍정심리 실험에서 자신을 어떻게 생각하는가에 따라 달라진 성장 방향에 대해서 2학년 수준에 맞게 쉽게 설명했다. 『시크릿』에서 말하는 '끌어당김의 법칙'이 있다. '좋은 생각은 좋은 행동을 만들고, 나쁜 생각은 나쁜 행동을 만든다'는 문장도 아이들에게 강조했다.

마법 수첩은 새해 목표, 5년 후 목표, 마법 문장(긍정 확언), 성공일기, 칭찬일기, 감사일기 등을 적고, 생각의 조각들을 모으는 기록 창고인 셈이다. 학기 중에는 배움 공책과 알림장에 기록했다면 방학을 맞이하는 시점에 수첩을 선물하며 의미를 부여했다. '마법 수첩'을 가지고 다니며 생각날 때마다 쓰는 아이가 생겨났다. 그 모습을 보고 한마디 툭 던졌다. 쉬는 시간에도 수첩에 뭔가를 계속 기록하는 아이들의 모습에 덩달아 나도 기록한다. 아이들의 모습을 말이다.

  방학 전까지 마법 수첩에 기록하는 시간을 가졌다. 다가오는 방학에 스스로 수첩에 기록하며 좋은 에너지를 얻으며 생활하기를 소망했다. 3학년이 된 한 아이가 나를 만나더니 이야기한다.

  "선생님, 안녕하세요. 저 마법 수첩 계속 가지고 다니면서 써요. 방학 때 많이 썼어요. 3학년 되어서도 계속 쓰고 있어요."

  "어머, 정말 대단해. 앞으로 계속 꾸준히 쓰길 바라."

  모든 아이들이 실천할 거란 거대한 목표 대신에 누군가 한 명이라도 꾸준히 한다면 내겐 무척 감사하고 의미가 있다. 다른 선생님의 이야기를 통해서 또는 책에서 다시 나와 같은 이야기를 만난다면 또 의미 있게 다가갈 것이라고 믿는다.

생각 나무가 자라요

아이들과 목표를 써 보고, 마법의 문장(긍정 확언)을 함께 만들어 보면 어떨까요? 머릿속의 생각들을 둥둥 떠다니게 놓아두는 것보다 쓰는 행위를 통해 새기면 좋겠습니다.

● **질문 하나 생각 한 스푼** "마법의 문장은 무엇이 있을까?"

초등 2학년이 알려주는
행복 해결법

아이마다 생김새가 다르듯 가진 성향도 다양하다. 알고 있는 것을 친구들과 학급에 나누는 것을 좋아하는 아이 덕분에 긍정적인 학급 분위기가 만들어졌다. 좋아하고 잘하는 것을 발표하는 시간이었다. A4종이에 '발표 잘하는 법'을 직접 써서 친구들에게 잘 들리도록 또박또박 알려주었다. 자신감 있는 목소리로, 시선은 골고루, 발표하기 전 미리 적어서 여러 번 읽어보라고 말했다. 아이들은 '발표 잘하는 법'에 집중했다.

그림책을 읽어주고 칠판에 세워두었다. 어느 날 아이가 재미있게 읽은 그림책을 가져와서 칠판에 세워두어도 되냐고 물었다. 친구들을 위해 좋은 그림책을 추천하는 것이 무척 유익하다고 했다. 학급을 위해 장난감 정리, 색연필, 사인펜 정리, 계단이나 운동장에 떨진 쓰레기가 있으면 주워오는 아이다.

하루는 자주 다투는 아이들을 위해, 수업의 흐름을 방해하는 아이들을 위해 뭔가를 써 오겠다고 말하더니 금요일에 한 장, 월요일에 한 장을 써 왔다. 제목은 '행복해결법'이다. 평소 평화로운 학급을 위해 해결법을 어떻게 다 기억했을까? 교실에 붙여놓은 약속을 무척이나 꼼꼼하게 보았구나.

다음 날 두 번째 종이를 주면서 내게 살짝 말한다.

"선생님, 제가 1학기에 임원을 해서 2학기엔 임원을 못 해도 학급을 위해 제가 도울게요. 행복해결법 3탄도 써 올게요."

이렇게 예쁜 마음을 가진 너. 반짝반짝 빛나는 보석이야.

네 덕분에 행복하다.

행복해결법! 1탄

싸웠을 때 먼저 사과하기, 우기기 금지!

먼저 하고 싶을 땐 양보하고 나중에 먼저 하는 배려 말기법 쓰기

행감바 인사약 미덕에 보석으로 고운 말 쓰기

나의 물건이나 몸을 건드리면 하지 말라고 하기

그래도 하면 선생님께 말해요.

행복해결법! 2탄

학교에서 지킬 10대 규칙

1. 손들고 말하기

2. 학교에서 대체로 조용히

3. 중요! 남에게 피해 주지 않기

4. 용기 있게 인정하기

5. 발표는 또박또박 크게

6. 대화는 서로 마주 보고 서로 묻고 답하기

7. 배려, 지혜, 인내 등 미덕 가지기

8. 생활은 평화롭게

9. 청소는 깔끔하게

생각 나무가 자라요

행복은 늘 내 곁에 있다고 생각합니다. 내가 미처 발견하지 못했을 뿐이지요. 아이들의 웃는 모습에서, 무언가에 집중하는 모습에서, 출근길 하늘을 보면서, 하루 세 끼 식사를 하면서도 늘 내 곁에 있는 행복입니다. 다정한 눈길로 자신의 일상을 마주해 보세요. 그리고 행복을 찾아보세요. 행복은 강도가 아니라 빈도라고 이야기합니다.

• **질문 하나 생각 한 스푼** "일상에서 나를 기쁘고 행복하게 하는 것들은 무엇일까?"

세상에서 가장 소중한 친구들

다른 사람을 배려하는 것의 중요성은 안다. 아이들이 무엇보다 자신을 소중한 존재로 대하기를 바라는 마음은 학급 경영에서, 수업에서 아이들에게 표현하려고 애썼다.

생일을 맞이한 아이에게 생일책을 만들어 주곤 했다. 표지엔 '이 세상에서 가장 소중한 ○○이의 생일을 축하해'를 제목으로 쓰고, 이해인 님의 시 「생일을 만들어요. 우리」 시를 쓰고, 반 아이들의 이름을 적어두었다. 어느 선생님의 나눔 자료를 우리 반에 맞게 변형해서 거의 십여 년 동안 사용해 왔다. 시의 일부를 소개한다.

어둠에서 빛으로 건너간 날

절망에서 희망으로 거듭난 날

오해를 이해로 바꾼 날

미움에서 용서로 바꾼 날

눈물 속에서도 다시 한 번 사랑을

시작한 날은 언제나 생일이지요.

(중략)

기쁘게 더 기쁘게

가까이 더 가까이

서로를 바라보고 섬세하게 읽어주는 책이 되어요.

아이들은 마음을 담아 주고 싶은 선물을 쓰고 선물을 그리고, 친구의 장점을 칭찬한다. 아래쪽엔 생일을 맞은 친구에게 정성 가득한 편지를 적도록 했다. 무엇이든 시작은 쉽지 않았다. 2학년의 경우 쓰는 것을 싫어하는 아이들이 있다. A4 절반 크기이지만 무척 어려운 과제로 다가갈 수 있기에 함께 시작한다. 주고 싶은 선물은 글과 그림이지만 친구가 좋아할 것 같은 선물을 생각해서 쓰는 건 어려울 수도 있기에 함께 생각을 나누는 시간을 갖는다. 장점까지 자연스럽게 이어져 발표하게 되기에 칠판에 가득히 써 두면 아이들은 자신이 공감하는 친구의 좋은 점을 찾아 쓰기 편안해했다.

전학 가는 친구를 위한 마음을 담아 책을 만들어 주기도 했다. 생일 책을 변형해서 '이 세상에서 가장 소중한 ○○, 넌 멋진 친구야.'라는 제목 아래 역시 이번에도 이해인 님의 시 중에서 한 편을 골라 썼다.

「열두 달의 친구」이다. 1월부터 12월까지 어떤 친구가 되고 싶은지 써 놓은 시가 무척 아름다워 교실의 한 공간에 게시해 두기도 했다. 일부를 소개한다.

1월에는
가장 깨끗한 마음과 새로운 각오로
서로를 감싸 줄 수 있는 따뜻한 친구이고 싶고…
(중략)
10월에는

가을에 풍요로움에 감사할 줄 알고

그 풍요로움을

우리 이외에 사람에게 나누어 줄 줄 아는

마음마저 풍요로운 친구이고 싶고…

(중략)

12월에는

지나온 즐거웠던 나날들을

얼굴 마주보며 되뇔 수 있는

다정한 친구이고 싶다.

전학 가는 친구가 평소 곤충을 좋아했다. 아이들이 쓴 편지에 곤충, 곤충 관련 도구, 곤충 관련 책이 눈에 띄었다. 친구의 좋은 점에 대해 이미 알고 있었다. 친구를 바라보는 시선이 긍정적임을 알게 되는 시간이기도 했다. 작은 손으로 꾹꾹 눌러쓴 편지들이 따스했으며, 예쁘게 꾸민 편지들은 아이들의 예쁜 마음이 보였다.

생명 존중 교육을 하고 소감을 포스트잇에 적도록 했다.

배움 공책이 있지만 때로는 작은 포스트잇이 주는 편안함이 있어 자주 활용한다. 소감에서 아이들의 마음을 본다.

우리 반 사랑이 넘치는 우리 반 더 사랑이 넘쳐보자.

마음의 선을 지켜 행복을 스스로 찾는 멋진 나가 되길…….

나는 소중하고 사랑스러운 존재입니다. 단점을 찾지 말고 장점을 찾아요.

정말 자랑스러운 우리 반 항상 행복하자. 하느님이 행복한 마법의 가루를 뿌려줄 거야. 가루가 없어도 행복하게 살자.

마음 근육을 길러 어려움 극복하여 행복을 스스로 찾는 멋진 나가 되길…….

헤어지면서도 함께 했던 소중한 시간들을 추억하며 짧은 편지를 쓴다. 소중한 친구에게 그동안 고마웠음을, 친구의 장점을 쓰는 시간을 가지며 서로를 기억하도록 했다. 한 가정의 소중한 아이가 내게로 와서 1년을 보낸 시간이 참으로 귀한 날들이었음을 기억한다.

생각 나무가 자라요

자기 자신을 소중하게 여길 줄 알고, 다른 사람의 소중한 존재로 대하기를 부모는 소망합니다. 아이에게 자신에 대해 생각할 수 있는 질문을 하는 시간도 무척 중요하다고 생각합니다. 다정하게 질문하며 자신을 알아갈 수 있는 시간이 필요합니다. 우린 모두 소중한 존재이니까요.

• **질문 하나 생각 한 스푼** "네가 생각하는 너의 장점(단점)은 무엇일까?"

『태도의 말들』에서 평소 내가 가진 생각과 일치된 문장을 만났다. 아이들에게 좋은 태도에 대해 강조하고 실천하기를 바라는 마음으로 학급 경영을 해왔다. 1년이 지나면 사라지는 게 아니라 차곡차곡 쌓여서 성장에 도움이 되기를 바라면서 말이다.

"좋은 태도를 가진 사람은 타인에게 영감을 준다. 그들과 대화를 나누고 있으며 덩달아 좋은 사람이 되고 싶고, 잘 살아보고 싶은 의지가 생긴다."

매일의 주어진 일상을 사랑하며 행복을 발견할 줄 아는 시선을 가진 아이들. 자신이 맡은 활동에 대해 긍정적으로 생각하고 가진 것을 나눌 줄 아는 아이들. 그 모습은 내가 원하는 나의 모습이기도 하다.

아이들에게 근사한 3학년이 되기를 응원하며 겨울 방학식을 했다. 겨울 방학은 2월 말까지라 아이들을 만나지 못하고 3학년으로 올려 보낸다. 학급에서 실천했던 독서 습관을 겨울 방학에도 지속하기를 희망하는 아이들과 '우리들의 독서 모임' 대화방을 만들었다. 아이가 책을 읽고 인증사진을 찍어 대화방에 올렸다. 많지 않은 아이들이었지만, 우리는 시작이라는 절반의 성공을 함께 경험했다. 아이들에게 가능한 다양한 경험을 제공하고 선택하도록 하고 자신이 할 수 있는 활동에 도전하도록 격려했다. 교사로서 마지막 해 2학년 담임을 하며 아이들과 보낸 하루가 감사했다. 작은 아이들에게서 큰 세계를 배웠다.

나는 매년 새로운 아이들을 마주한다. 아이들 역시 학년이 바뀔 때마다 새로운 친구, 새로운 선생님을 만난다. 우리는 귀한 인연으로 한 해를 보낸다. 어색했던 분위기는 사라지고 아이들과 나는 서로에게 스며들었다. 출근이 벅찬 느낌이 든 날이 있었다. 평화로웠던 우리 반이 전쟁터가 될 때도 있었지만 아이들과 함께한 시간은 서로가 서로에게 도움이 되고 힘이 되어 주었다.

"한 사람에게 받은 깊은 존중과 사랑, 그것이 평생을 살아 낼 마음의 힘이 된다"는 문장을 『그 아이만의 단 한 사람』에서 읽었다. 나와 만났던 아이 중에서 나의 마음이 누군가에게 깊은 존중과 사랑이 닿았기를 소망한다. 2학년 교실의 일상이 내겐 무척 경이로운 어린이의 세계였다. 학부모님과 선생님들 그리고 2학년 교실이 궁금한 분들께 2학년 교실 풍경을 꺼내어 소개할 수 있어 행복하다.

지난여름 뜨거웠던 책 쓰기 캠프 후 동굴 깊숙이 넣어 두었던 초고가 세상 밖으로 나오기까지 큰 용기가 필요했다. 많은 분의 격려와 지지 덕분에 개인 저서를 낼 수 있음에 마음 깊이 감사드린다.

책바침으로 인연이 되어 자기 경영 노트 4기까지 이끌어 주신 밀알샘 김진수 선생님, 책 쓰기 캠프를 기획하고 운영하며 기다려 준 미미쌤 배정화 선생님, 『엄마를 위한 미라클모닝』 책으로 나를 찾아가는 여정을 중심으로 살도록 영감을 준 오감나비 최정윤 선생님, 그리고 공감과 응원 가득 전해준 호기샘 이현정 선생님, 긍지쿠 정다은 선생님을 비롯한 자기 경영 노트 꿈벗들 모두에게 감사의 마음을 전한다. 무엇보다도 초보 작가의 작업을 기다리고 용기 주신 안채원 편집자님께 고마운 마음 가득하다.

내 삶의 주춧돌인 가족들, 기록하는 삶을 시작하도록 싹틔워 준 박은하 선생님과 계속 쓸 수 있도록 긍정의 에너지를 보내준 친구들에게 사랑을 보낸다. 함께한 아이들과 동료 선생님들께도 감사의 마음 가득하다. 교사인 내가 준 것보다 더 많은 것을 나에게 준 아이들이다. 함께했던 아이들의 모습이 내겐 커다란 배움이었다. 교학상장(敎學相長).

가르치면서 배운다는 말을 새기며 아이들을 가르치면서 나
또한 성장했던 날들이었음을 이 책을 빌어 고백한다.

부록

2학년 아이들과 함께 읽은 책

2학년 아이들과 아침 시간, 수업 시간, 창의적 체험활동 시간에 그림 책을 읽었습니다.

순	제목	작가	출판사
1	42가지 마음의 색깔	크리스티나 누녜스 페레이라, 라파엘 R. 발카르셀 글/가브리엘라 티에리 외 21인 그림	레드스톤
2	가시소년	권자경 글/하완 그림	천개의바람
3	간질간질	서현 글, 그림	사계절
4	강아지똥	권정생 글/정승각 그림	길벗어린이
5	고구마구마	사이다 글, 그림	반달
6	그것만 있을 리가 없잖아	요시타케 신스케 글, 그림	주니어김영사
7	나는 ( ) 사람이에요	수전 베르데 글/피터 H. 레이놀즈 그림	위즈덤하우스
8	나는 나의 주인	채인선 글/안은진 그림	토토북
9	나의 구석	조오 글, 그림	웅진주니어
10	낙엽 스낵	백유연 글, 그림	웅진주니어
11	너는 어떤 씨앗이니	최숙희 글, 그림	책읽는곰
12	눈물바다	서현 글, 그림	사계절
13	달샤베트	백희나 글, 그림	스토리보울
14	대추한알	장석주 글/유리 그림	이야기꽃

15	더우면 벗으면 되지	요시타케 신스케 글, 그림	주니어김영사
16	두 발을 담그고	조미자 글, 그림	핑거
17	라면과 함께라면	윤초록 글/이희은 그림	노란상상
18	마법의 빨간공	마쓰오카 코우 글, 그림	우리학교
19	말들이 사는 나라	윤여림 글/최미란 그림	위즈덤하우스
20	목련 만두	백유연 글, 그림	웅진주니어
21	민들레는 민들레	김장성 글/오현경 그림	이야기꽃
22	벚꽃 팝콘	백유연 글, 그림	웅진주니어
23	보이지 않는 아이	트루디 루드위그 글/패트리스 바튼 그림	책과콩나무
24	불안	조미자 글, 그림	핑거
25	사자가 작아졌어!	정성훈 글, 그림	비룡소
26	삶의 모든 색	리사 아이사토 글, 그림	길벗어린이
27	샘과 데이브가 땅을 팠어요	맥 버넷 글/존 클라센 그림	시공주니어
28	세상에서 가장 힘이 센 말	이현정 글/박재현 그림	맹앤앵
29	수박 수영장	안녕달 글, 그림	창비
30	수박이 먹고 싶으면	김장성 글/유리 그림	이야기꽃
31	슈퍼 거북	유설화 글, 그림	책읽는 곰
32	슈퍼 토끼	유설화 글, 그림	책읽는 곰
33	쓰레기통 요정	안녕달 글, 그림	책읽는 곰
34	시작해 봐! 너답게	피터 H. 레이놀즈 글, 그림	웅진주니어

35	심심해 심심해	요시타케 신스케 글, 그림	주니어 김영사
36	아나톨의 작은 냄비	이자벨 까리에 글, 그림	씨드북
37	아름다운 실수	코리나 루켄 글, 그림	나는별
38	아무것도 하고 싶지 않은 곰	다비드 칼리 글/랄랄리 몰라 그림	나무말미
39	알사탕	백희나 글, 그림	스토리보울
40	어느 우울한 날 마이클이 찾아왔다	전미화 글, 그림	웅진주니어
41	영웅을 찾습니다!	차이자오룬 글, 그림	키위북스
42	왜 띄어 써야 돼?	박규빈 글, 그림	길벗어린이
43	왜 맞춤법에 맞게 써야 돼?	박규빈 글, 그림	길벗어린이
44	욕	김유강 글, 그림	오올
45	욕심쟁이 딸기 아저씨	김유경 글, 그림	노란돼지
46	용기 모자	리사 데이크스트라 글 / 마크얀센 그림	책과콩나무
47	우리 반	김성범 글/이수희 그림	계수나무
48	위를 봐요	정진호 글, 그림	현암주니어
49	이게 정말 나일까?	요시타케 신스케 글, 그림	주니어 김영사
50	이게 정말 사과일까?	요시타케 신스케 글, 그림	주니어 김영사
51	인사	김성미 글, 그림	책읽는곰
52	있으려나 서점	요시타케 신스케 글, 그림	온다

53	작은 새	제르마노 쥘로 글/알베르틴 그림	리젬
54	장수탕선녀님	백희나 글, 그림	스토리보울
55	전놀이	동글 글/강은옥 그림	소원나무
56	점	피터 H. 레이놀즈 글, 그림	문학동네
57	짝꿍	박정섭 글, 그림	위즈덤하우스
58	치킨 마우스 그래도 난 내가 좋아	우쓰기 미호 글, 그림	책읽는곰
59	친구를 모두 잃어버리는 방법	낸시 칼슨 글, 그림	보물창고
60	쿠키 한 입의 인생 수업	에이미 크루즈 로젠탈 글/제인 다이어 그림	책읽는곰
61	틀려도 괜찮아	마키타 신지 글/하세가와 토모코 그림	토토북
62	틈만 나면	이순옥 글, 그림	길벗 어린이
63	팥빙수의 전설	이지은 글, 그림	웅진주니어
64	팥죽할머니와 호랑이	조대인 저/최숙희 그림	보림
65	프레드릭	레오 리오니 글, 그림	시공주니어
66	크록텔레 가족	파트리샤 베르비 글/클로디아 비엘린스키 그림	함께자람
67	할머니의 여름휴가	안녕달 글, 그림	창비
68	호라이호라이	서현 글, 그림	사계절
69	호랭떡집	서현 글, 그림	사계절

2학년 아이들과 함께 들은 음악

아침 시간이나 아이들의 활동 시 유튜브 클래식 음악 채널에서 클래식을 골라 들려주었습니다. 하루에 한 곡을 들려주다가 일주일에 한 곡을 반복적으로 들려주었습니다. 1학기에 들려준 곡은 2학기에 다시 들려주었습니다.

순	제목	작곡가	유튜브 채널명
1	G선상의 아리아	바흐	인생클래식
2	교향곡 6번 전원	베토벤	Emotional life
3	꽃의 왈츠	차이코프스키	인생클래식
4	녹턴 1번	쇼팽	인생클래식
5	녹턴 2번	쇼팽	인생클래식
6	로망스 2번	베토벤	인생클래식
7	미뉴에트 G장조	바흐	클래식박스
8	미뉴에트	보케리니	인생클래식
9	바이올린 소나타 제5번 '봄' 1악장	베토벤	인생클래식
10	백조	생상스	인생클래식
11	비창	베토벤	Emotional life
12	빗방울 전주곡	쇼팽	인생클래식
13	사계 중 가을	비발디	인생클래식
14	사계 중 겨울	비발디	인생클래식

15	사계 중 봄	비발디	인생클래식
16	사계 중 여름	비발디	인생클래식
17	사랑의 인사	엘가	인생클래식
18	세레나데	슈베르트	인생클래식
19	소녀의 기도	바다르체프스카	클래식박스
20	아드린느를 위한 발라드	리차드 클레이더만	LP MUSIC
21	아라베스크 1번	드뷔시	인생클래식
22	엘리제를 위하여	베토벤	인생클래식
23	월광 소나타	베토벤	인생클래식
24	캐논	파헬벨	인생클래식
25	클라리넷 협주곡 3악장	모차르트	Emotional life
26	피아노 5중주 송어	슈베르트	Emotional life
27	피아노협주곡 5번 황제	베토벤	인생클래식

2학년과 3학년 교육과정 비교

	초등 2학년	초등 3학년
1. 수업 시간표	연간 884시간 주 2회 4교시 주 3회 5교시. 방학 전후로 시간표 변경됨	연간 986시간 주 4회 5교시, 주 1회 6교시
2. 교과서	국어, 수학, 통합교과 (1학기 - 나, 자연, 마을, 세계 2학기 - 계절, 인물, 물건, 기억)	국어, 수학, 사회, 과학, 체육, 음악, 미술, 도덕